Footsteps at the lock

斯芬克斯之谜

[美] 罗纳德·诺克斯——著

邹文华——译

上海文艺出版社

上海故事会文化传媒有限公司

编委会

总策划 夏一鸣

主　编 黄禄善

副主编 高　健

名家导读

/邹文华

邹文华，女，江西樟树人，文学硕士，教育学博士，上海翻译家协会会员。2017 年获英国皇家语言学会 Diptrans 翻译硕士文凭，现为上海体育学院国际教育学院教师，主要从事体育社会学、体育高等教育管理等相关研究工作。已出版译著《城堡》《大路条条》《小公主》《1860年华北战役纪要》《香烟、高跟鞋及其他有趣的东西：符号学导论》《黑衣新娘》等多部。

来自牛津大学的两位学子——一对关系疏远的堂兄弟——性情怪异、生活奢靡、学业糟糕、标新立异。两人虽就读于牛津大学的同一学院，平日却老死不相往来。然而，祖父留下的一笔五万英镑的巨额遗产，却将他俩巧妙地联系在一起，也让两人关系变得微妙。祖父将这笔巨额遗产留给了堂兄，但是遗嘱附加条件却规定：如果堂兄在到达继承遗产的合法年龄之前去世的话，则由堂弟继承这笔遗产。有趣的是，两个平日形同陌路的堂兄弟，却在堂兄病入膏肓之际结伴来了一次泰晤士河上的泛舟之旅。就在旅行将要结束之际，眼看可以继承遗产的堂兄却突然消失不见，只留下船闸边上的一串脚印……

堂兄为何此时突然消失？一起旅行的堂弟为何此时恰巧不在现场？堂兄究竟是在玩失踪，还是已尸沉河底？这究竟是一场谋杀，还是当事人自杀？不在现场的堂弟会不会就是谋杀犯？抑或，他还有帮凶，或是被某个犯罪团伙谋害了？

……

一个个疑问接踵而来，一团团迷雾层层叠起。这就是罗纳德·A.诺克斯的《斯芬克斯之谜》呈现给你的精彩。诺克斯将让他的"男神"麦尔斯·布莱顿带你一起来解谜。

罗纳德·A.诺克斯——英国学院派推理小说家、散文家、"福尔摩斯学之父"——1888年出生在英国莱斯特郡，父亲是曼彻斯特圣公会主教。他12岁进入伊顿公学学习，早年已展现出超人的语言天赋和杰出的文学才华。在伊顿公学读书时，诺克斯担任校报编辑，18岁就出版了英语、希腊语和拉丁语诗歌集。他22岁从牛津大学贝列尔学院毕业，获得古典文学与哲学专业的文学学士，成为牛津三一学院的研究员;24岁，成为英国圣公会牧师。一战期间，他在舒兹伯利学校教书，并在军事情报部门工作。29岁那年，诺克斯皈依罗马天主教，成为一名天主教的神父。1926至1939年间，他被任命为牛津大学天主教学生的神师，他的推理小说就是在这期间完成创作的。

诺克斯是英国侦探作家俱乐部的重要人物，当时与他同在俱乐部的还有桃乐丝·L.赛耶斯、阿加莎·克里斯汀等英国著名侦探小说家。他本人也是侦探小说的爱好者，对福尔摩斯系列小说颇有研究。1929年，诺克斯在为《1928年最佳侦探小说》作序时，发表了那篇著名的《推理十诫》。他指出，侦探小说应该遵守的十条原则：一是罪犯应尽早出场，但是读者不能在侦探之前认出罪犯来；二是整个过程不能有超自然力量出现；三是允许存在多个密室或秘密通道；三是罪犯的作案方法不能使用死亡激光、科学未知的毒药；五是故事中不能出现中国人；六是侦探破案不能靠运气或意外或天赋的直觉和第六感；七是侦探本人不能犯罪；八是侦探必须公布他可能发现的任何线索；九是侦探的朋友（如福尔摩斯的朋友华生）不得向读者隐瞒他脑子里的任何想法，他的智商很低，且必须低于普通读者；十是在没有做好足够铺垫的情况下，不得出现孪生尤其是双生兄弟。这些规则成了英国推理小说黄金时代的作家们普遍遵守的基本规则，而诺克斯也成了推理小说的"类型元老"。

诺克斯在创作过程中严格遵守本格推理逻辑。他认为，推理小说中的侦探破案必须完全依靠逻辑推理来实现。在诺克斯看来，推理小说是一种智力游戏，必须服从逻辑规则，这个观点在他的同行中得到许多人的赞同。

在《斯芬克斯之谜》当中，读者可以深刻感受到诺克斯对这些规则的遵守。在小说的前几章，作者不厌其烦地详细交代整个故事的背景和事件的来龙去脉，所述细节有掩盖小说精彩之嫌，甚至让读者有枯燥乏味之感。随着故事的推进，诺克斯向读者展示了几条不同的线索，每一条线索都是平实而朴素，且推进节奏缓慢。在读者认为案件即将水落石出时，作者又出其不意打出一张新牌，将读者看似合理的预判推翻。随着情节的推进，故事情节的神秘和悬疑也越来越强，读者解谜的积极性不断高涨，从而激起了读者欲罢不能的阅读兴趣。对于热爱本格推理的读者来说，阅读这本书一定会有出其不意的收获。

《斯芬克斯之谜》（又译《闸边足迹》《闸边足印》）1928 年出版，是诺克斯创作的第三部推理小说，也是"麦尔斯·布莱顿"系列小说中的第二部。这部小说以牛津大学的两位学生为描写对象，是英国第一部以大学为创作背景的校园谜案小说，引发了当时英国校园谜案小说创作的浪潮，如 1929 年亚当·布鲁姆发表的《牛津谋杀案》，1935年桃乐丝·L.赛耶斯的《校友会之夜》以及 1945 年格林恩·丹尼尔发表的《剑桥谋杀案》等。

在《斯芬克斯之谜》出版之后，诺克斯已经创作了《陆桥谋杀案》(1925) 和《三个水龙头》(1927)，此后又陆续出版了《筒仓陈尸》(1934)、《死亡依旧》(1934) 和《双重反间》(1937) 三部推理小说。在诺克斯的六部作品中，除第一部小说外，其他五部小说中的侦探人物都是"麦尔斯·布莱顿"——一个相当于柯南·道尔笔下的"福尔摩斯"式的英雄人物。

麦尔斯·布莱顿是一位私家侦探，受雇于"难以形容"保险公司，调查与投保人相关的离奇事件。布莱顿拥有聪明的头脑，敏锐的直觉，他不仅沉着冷静，而且还身体矫健，喜欢玩单人纸牌类的智力游戏，总之，他具备所有优秀侦探的共同优点。不仅如此，布莱顿还有一位得力助手——他的妻子安杰拉。他的妻子不仅能为他提供生活上的帮助，还能陪他一起推理案件的发展，像他的天使一般，守护着他。布莱顿还有一位好朋友，雷兰德探长，两人是一战时期的战友。此人就像福尔摩斯的朋友华生一样，在协助布莱顿解谜的同时也更加衬托出他作为一名侦探的优秀特质。总之，麦尔斯·布莱顿就是诺克斯笔下的"男神"侦探。

在推理小说还不太受"待见"的时代，一位天主教的神职人员创作这类作品更是被认为是"不求上进"的行为。因此，在教会神长的要求和禁令下，诺克斯创作完六部推理小说之后，停止了推理小说创作。

对诺克斯来说，世界就是一个流放地，一个充满谜团和试探之地。家就是精神世界，在这个精神世界，谜团得以解开。这些类似的主题以不同的形式出现在他的作品中。在他的作品中，罪犯们制造出紧张与困惑，但是到最后，谜团都得以解开，结局终以和平和道德教化为主。尽管诺克斯在他的作品中没有表达或宣传他的信仰，但是作为天主教的卫道士，诺克斯在他所有的作品中，无论是神学论著还是推理小说，都试图在其文学造诣与其宗教信念中去寻求平衡。

他拥有深刻的信条，并从这些信条中推理事物。他从不质疑这些信条，而是寻找一些方法，让人类现象与这些信条得以和谐共处。

Contents

一对堂兄弟

人有权利在临死前处置自己的财产，这是正常的道德伦理，看似无可厚非，但也令人费解。那些财产，无论是祖辈留下来的田地，还是那些辛苦赚来的金钱，如今，对他都已毫无用处。他种下的每一棵树，也不可能追随它们短命的主人而去，除了那些阴森的松柏枝。可是，在完全丧失意识之前，他在遗嘱结尾处写下的那几句炫耀之词，可能会赋予一个穷光蛋大笔财富，也可能剥夺挥霍无度者的遗产继承权，抑或让继承人为了那些百般无用或荒诞的目的，把遗产挥霍殆尽。至少，对他来说，那些财产是毫无用处了。曾经，有这么一种理论称：一个人如果能在今世把自己的财产安置好，来世他会更幸福。但是，我们早就摒弃了这种观念。那些财产对他毫无用处，但是对于那些期待已久的甥男侄女们，对于救生艇基金管理公司、猫科动物饲养地以及因缺乏遗产税而萎靡不振的英国财政部而言，这些财产却大有用处，它是这一切的主宰。然而，所有权威性书籍都告诫我们，金钱在这个世界上总是弊大于利。既然如此，我们为什么还要把那些伤害交给一个当它发生时已经不在世的人来处置呢？从今往后，遗嘱人除了那个不可分离的坟墓外，他对自己的财产毫无保留权。既然如此，为什么还要让遗嘱人来安排他的财产，被人毫无价值地挥霍？

以上这些疑问，正是约翰·伯特尔爵士在他订立的遗嘱中一条条清楚地列举出来的。约翰·伯特尔爵士是维多利亚女王统治末期一位颇有名望的律师，一个安分守己的人，对政治没有欲望，对爵位毫无野心。在伟大的女王去世后不久，他就退休了，把世界交给两个正值盛年的儿子：约翰和查尔斯。其实他原本身体健硕，对乡间捕猎也略有热情。然而，最后要了他命的不是年龄，而是1918年那场严重的流感瘟疫。那时候，他的两个儿子已经先他而逝。两个人都是在1915年领受了军衔，又同时在两年后丧生。约翰的妻子早已过世，查尔斯的遗孀改嫁后定居美国，与老人家断绝了来往。因此，在他的遗嘱里，也就是本故事的起因，他将大部分财产，大约五万英镑留给了长孙德里克——如果德里克不幸死亡，这笔遗产将归查尔斯的儿子奈杰尔所有。

2

看到这里，你可能已经觉得，这位老先生一定会欺骗律师，生前没有订立遗嘱。可是，附加在这份遗嘱中的某些条件却使它成了一份重要的文件。这位遗嘱人深思之后意识到，两个孙子，一个是孤儿，另一个没有父亲，母亲虽在，也形同虚设。在极其动荡的时代，他们必须在没有父母监管的情况下长大成人。于是，他非常明智地决定，将五万英镑（这不是他的全部遗产，只是其中的绝大部分）放在基金公司，等德里克（如果不是他，就是奈杰尔）年满二十五岁才能接管这笔钱。在这期间，两个小伙子很少去他们的祖父家探望。当然，他们也不受祖父待见，因为他们的行为举止中透露出一种少年老成的无趣，这让老先生很恼火，尽管这种情况在这个年龄段很普遍，但他仍然感到痛苦。这位祖父对政治、艺术、道德和宗教的反感和抨击，或许对两个孙子的性格造成了影响。德里克多半时间都与这个家族的老朋友们住在法国南部，他们任他放纵，理由很轻率："反正这孩子将来会有钱。"奈杰尔也没有得到更好的教养，他很讨厌继父那方的亲戚。在家里，他像个外人；在学校，他是一个不受欢迎的叛逆者。他对自己的创造力抱有一种可怜的幻想，一门心思想要成为审美家。

无论在祖父生前还是死后，这两位堂兄弟都很少见面。两个人的性格也没有相似之处，这让他们更没有见面的欲望。他们去了不同的学校上学，在此我无意指明这两所学校的名字（因为学校担心有损自己的声誉）。虽然批评者近来不太友好，但是牛津大学有着宽阔的胸襟和背景，没必要在此隐姓埋名。堂兄弟两人同时被这所古老的大学录取，两人都进了西蒙·梅格斯学院。被选上大学，就像选举应有的样子，都是猜不透的谜。但是，德里克在牛津虚度的两年势必已经提醒了他们，不要再去冒险尝试改变奈杰尔。德里克虽然性格孤僻，生活奢靡，甚至还有周期性酗酒习惯，但从另一方面来说，他还算是个正常人。必须承认，他身上没有奈杰尔那种让人无法忍受的矫揉造作。

德里克放荡不羁，缺乏想象力，这是任何一个时代的年轻人都可能染上的习性。他嗜赌成性，那是因为没有人告诉过他，还有其他消磨时间的办法可以让他熬到二十五岁。他酗酒，是因为这个蠢蛋急于忘却和掩饰自己的愚钝。他的衣着、举止、同伴无不与马术世界有关，然而他的爱好，既非马匹也非马术，他只是为了让自己表现得对马术世界很了解。他与学监冲突不断，但是在他放荡不羁的行为中也有一定的规律性。你可以提前知道，他什么时候会喝醉，他醉酒的程度如何。不管出于什么目的，在学院管理层看来，只要行为具有稳定性，他们就欣赏。他不够聪明，没法设计出有预谋的恶作剧。他太懒惰了，甚至懒得心怀恶意。在接受了罚款、禁足和几次停学的惩罚之后，这位"甘愿受罚"的男生，甚至有点自鸣得意了。他在牛津大学的世界里没有掀起过什么波澜，也许是因为在他就读期间，从来没有树过敌，除了

4

他的堂弟。

奈杰尔的洞察力要比堂兄敏锐得多，所以他的过错也更加令人难以原谅。他成长于战后时期，深受幻灭思潮的影响。他看不起那个为了一些单纯的情感而决斗和流血的男人世界（尤其是男教师们），内心充满着嫉妒，却表现出愤恨。那些别人拥有的一切，用来发展男性气质的良机，都将他拒之门外。对于失去这样的机会，他会自我安慰，认为这些机会不值得拥有。那些人，生来就是为了整顿世界的。他生不逢时，因此他要报复，尽己所能，让世界重新陷入混乱。他要反抗旁人膜拜的一切，拥抱一切的反抗形式，无论它们是多么庸俗，多么陈腐。除了要惊世骇俗，他再无其他目标或理想。在学校，他有一种未雨绸缪的感觉，他把自己写的那些肮脏的诗篇锁起来，用一种独特的讽刺，对周围格格不入的环境施予报复，从而获得一点神秘的满足感。人们把他叫作"疯子伯特尔"。他很满意这个外号，感觉自己像是罗马政治家布鲁图斯，静待时机的到来。

在她所有古老的传统中，牛津大学对唯美主义一贯重视有加。每代人中，总会有那么一小群人继承这古老的传统，对伊西斯女神燃起炽热的激情，并且满足于成为一群孤独的先驱者（因为大学本科生的记忆只能存留三年）。奈杰尔在学校期间，阅读了王尔德的著作，他从萨基的作品中抄袭了不少警言妙语，却对其最具魅力的讽刺意味的思想精髓毫无领会。他请所有的客人喝苦艾酒，却总是强调，自己并不真的喜欢喝，他之所以把酒放在房间里，是为了考验自己抵制诱惑的能力。他把房间的墙壁刷成淡紫色，在墙上挂了几张方形的空白绘画纸，总是声称，要在上面画上蜡笔画。他说，艺术之美在于它的可能性，实现它，只会带来幻灭。他讲话总是一副拉长了的调子，慢慢吞吞，口齿不清，甚至还有一点结巴，这已经是他发挥到极致的状态了。他从不去听课，总是抱怨，学校老师们根本不理解，大学生们来到牛津，目的是为了教导他人。他只不过是个乳臭未干的家伙，却过度自负。

古老的大学包容一切。有些时代，有些学院，青春那本质上粗暴的行为，被表面正义实则庸俗的愤怒所覆盖，用暴力的方式解散唯美主义者的群体。然而，你只能在某些时候糊弄某些人而已。在西蒙·梅格斯学院，只要没有干扰，人们对邻人的行为都漠不关心。奈杰尔在那个不可能无信仰的小圈子里，为他的行动找到了追随者，或者至少可以说，是志同道合者。如果你是喜欢某种事情的某种人，那它就是你喜欢的某种事情。来自不同学院的十几个半懂文学、半装腔作势的年轻人，经常聚集在他的房间里，或对衣服裁剪工艺争论不休，或者彼此诵读自己的文学作品。他们几乎是虔诚地把自己称作"生来制造邪恶之人"，他们宣称，他们的使命就是在大学生中间鼓吹不道德行为，在童子军中间鼓吹布尔什维克主义，在老师们中间鼓吹自杀行为。他们最喜爱的信条就是：英国——实际上是所有说英语的种族——就是世界之轮的轮轴。"我为什么要尊崇我的祖国呢？"奈杰尔这样劝诫别人。实际上，他的理由似乎并不充分。他最喜欢的谴责方式就是说："我不喜欢它——它不够独特。"

不难想象，这两位堂兄弟之间也几乎谈不上什么同情心。事实上，堂弟竭尽所能表现出的那些行为，并不能唤起堂兄半点对他个人的关心。牛津大学就像一条宽广的溪流，里面徜徉着各式各样的生命之舟，它们可以互不冲撞，各自安好。德里克本身就毫无活力，他懒得去谴责别人的行为。虽然德里克的朋友们一致认为，奈杰尔是那种不争气的家伙，但他们绝不会奢望，让德里克来为他的堂弟负责。可是，在同一个学院，出现与自己同名同姓的人，是让人不舒服的事情。你的信件会被寄错，好心人会把你们搞错，邀请函会被送错。而且，这两个堂兄弟在某种程度上长得还很像。伯特尔家族的雄性基因很强大，这两位堂兄弟长得要比一般的堂兄弟更像。两人都是黑色头发，身材矮小，皮肤白里透红，总体说来，两人长得都很英俊，但不精神。有时候，德里克会被人称作是奈杰尔的哥哥，这让他很恼火。让德里克更窝火的是，奈杰尔那帮泛泛之交的熟人老远看到他，会把他当作奈杰尔来打招呼。他很夸张地故意避开堂弟，甚至在有可能的情况下，尽量避免提及堂弟的名字。

对奈杰尔来说，他敏锐地领会到堂兄对他漠视的态度，他甚至已经设计好了反击的手段。他把堂兄看作是一个怪物，并痛心疾首地称他是家族败类。他所表现出来的所有节制行为，都是因为他要通过排斥堂兄的行为而强迫自己做的。他会说："我不能喝醉，否则人们肯定会把我误认为是那个怪物，而且我可能因为醉酒而没法解释。""不，我不打牌。黑桃皇后的表情就像维多利亚女王一样，让人难以忍受。一夜又一夜地与她相对而坐，太恐怖了。何况，那个怪物也打牌。""这学期我真的要努力学习了，这样，老师的妻子可能就不会再把我当成那个怪物了。"他们说，牛津大学是一个小宇宙，但它无疑也是一个扬声器。类似这样的评论——而且并非总是表达得体——最后传到德里克的耳里，是不是点燃他内心憎恨的火苗。

这样，过去了一年，德里克去了伦敦，但是斗争并没有就此结束。奈杰尔也在伦敦度假。要想避开你不喜欢的人，伦敦这个地方还不如牛津好。好心但毫不知情的女主人们，经常把这两位堂兄弟聚到一起。虽然两个人的社会地位不分高低，但是，两个人之间的隔阂却像是切尔西和梅菲尔之间的分水岭一样让人不安，德里克知道自己言语上的不足，他总是令人联想到堂弟的存在。"噢，对了，那个迷人的家伙，你最近遇见过奈杰尔吗？""请你告诉我，伯特尔先生，你那位才华横溢的堂弟现在做什么呢？"这些空洞乏味的对话，就像鞭子一样，抽打着德里克的自尊。但是，这背后还有更糟糕的事呢。在伦敦社会的一些地下圈子里，这堂兄弟两人还挺有名气的。在那个无视规则、贪求创意的世界里，奈杰尔出类拔萃，俨然一位少年老成的专家。他既没有爱心，也没有财产，但是他负有盛名的成就，却令不少女性为之倾倒。曾经有一位女子自杀身亡，她是个瘾君子，报纸上对此未做任何报道。但是，有一些人，包括德里克，相信奈杰尔的冷酷无情是造成这场悲剧的原因。

在这期间，奈杰尔在牛津大学，任由事态发展。他用模仿葬礼的形式，庆祝了自己二十一岁生日。在恐怖灯光的照耀下，他躺在一个黑色的灵柩台上，朋友们站在他身旁，喝着苦艾酒，缅怀着他们已经逝去的青春。德里克比他大两岁，因此，在不久的将来，就有望得到那笔遗产了。除律师外，其他人开始怀疑，那五万英镑最终的去向。德里克在牛津大学还欠了一屁股债，可是与此同时，每当他想到有一笔财富在等着自己时，就会很安心，生活更加挥霍无度。很快，他在伦敦也欠下了不少债，而且，这些新债主比老债主更难缠，总是催着他还钱。每当这时候，他就会厚颜无耻地向陌生人去借钱。不止一个私人借贷的促销员在这个未来不再是小人物的年轻人身上找到了绝佳的商机。只要再等上不到两年的时间，他就可以稳妥地获得一笔数量可观的资金了。事情继续这样发展着，双方都秉着热情友好的态度，终于有一天，一丝恐惧和不安落在债主们的心头。德里克债台高筑，他举债的速度简直是不顾后果，五万英镑几乎已经被耗尽。他似乎意识到，未来已经没什么指望，不会再给他提供优渥的条件。他正在糟蹋自己的身体，那样子表明，他可能活不了多久，等不到那笔抢先占领的遗产。他酗酒的恶习爆发，甚至有谣言传出，说他也吸毒。他能否活过二十五岁，是这个社会大多数人完全漠不关心的事。可是，有少数几个平时并不热衷于宗教活动的先生，此时却在热切地祈祷德里克能够活过二十五岁。如果德里克在二十五岁生日之前就死了的话，那五万英镑将归奈杰尔所有，这样一来，那些债主们就没地方去索债了。惊慌失措之下，债主们团结一致，满足了德里克请求提供住宿的进一步请求，但前提是，德里克必须严格按照约定，为自己投保寿险。

经过多番谨慎考虑，一家著名的保险公司拒绝冒险接受他的投保。他们的医生扬起眉毛，坚决表示，从未见过这么一副年轻的体格遭到如此严重的破坏。如果伯特尔先生照顾好自己，毫无疑问，他肯定有机会活到第二十五个生日，然而……说实话，医生既不完全满意伯特尔先生投保的决心，也不相信他的能力，很怀疑他是否有决心与自己的坏习惯决裂。"像德里克这样的家伙，世界应该想要为他的生命而不是死亡投保。"奈杰尔获知此事时，这样评价。然而，每个困境都会有一条出路，而通常这条出路就是"难以形容"保险公司。如果哪位读者还不熟悉这家巨型保险公司的名称及其特征，那就请想一想，最近飞往新地岛的那位百万富翁的名字，支付给他的保险金额是每秒钟一先令……没错，那就是"难以形容"保险公司。人类的智慧至今还想象不出，有哪种形式的危险或者什么样的危险程度是"难以形容"保险公司不准备（为了钱）承保的。德里克·伯特尔投保并不是一笔合理的生意，但这个事实对他们丝毫没有影响。得到一笔可观的保费之后，他们同意担保他活到二十五岁，对于他之后的命运没有表示出丝毫的好奇心。

不过，他们确实提出了一个条件——即便"难以形容"保险公司也会提条件。伯特尔先生必须认真接受医学顾问的指导……不过，遗憾的是，他们公司自己的医生不可能来承担这个任务。（"难以形容"公司的那位医生拒绝任何其他的从业形式，这不仅关乎荣誉，事实上也关乎收入。）但是，如果伯特尔先生不反对，他们希望看到他接受西蒙兹医生的指导。西蒙兹医生是一个值得他完全信赖的人，事实上，他一生都在从事自制力缺乏方面的研究。事情就这样发展着。就在离德里克极其重要的二十五周岁生日大约一个月左右的时候，在双方都没有明显遗憾的情况下，德里克被关进了西蒙兹医生位于威哥波尔大街的咨询室里。而此时，他的堂弟正在为毕业和离开牛津做准备。

"你现在最需要的就是户外运动，"西蒙兹医生说，"到户外去，转移你的注意力，忽视你寻找刺激的需要，重新恢复你的身体健康，明白吗？"

"我猜，你是想让我来一次讨厌的航海旅行，"德里克抱怨道，"你们这些家伙，好像总是想要把人打发到天涯海角，巴不得他们回来之前就死掉。"

西蒙兹医生打了一个哆嗦。准确来说，他并不是难以形容公司的职员，但是与他们保持着密切的关系。这条没多少时日的宝贵生命，即将要面对大风大浪，西蒙兹医生并不赞成这个想法。

"噢不，不是航海旅行。要是航海旅行，你知道的，你肯定会天天泡在船上的酒吧里。你不介意我说话这么坦率，对吗？不是航海旅行，必须要户外活动结合体育锻炼。当然，不是很难的体育锻炼，你不适合那种，而是一些能够让你身心投入的锻炼，明白吗？现在，去泰晤士吧。以前去过泰晤士河吗？"

"以前和一些朋友去过亨利镇。"

"好了，听着，我告诉你怎么做。你去租一条船，最好是一条独木舟。不要让你的心脏承担任何的风险，知道吗？先顺流而下，到牛津去后带上一个朋友，跟你一起，再逆流而上到莱奇莱德、克里科雷德。只要不让独木舟搁浅，你可以尽量走远一些。完全放松心情，只要可能，一直尽可能往远处走，然后，你再回到我这里来。到时候，我再给你推荐一些运动项目和一个食谱，我们再来看看，那时你会恢复成什么样子。"

听说德里克即将沉迷于泰晤士河上泛舟旅行这种无趣之事时，他的朋友们大吃一惊。当他们听说与德里克同行的伙伴是谁时，就更加吃惊了。原来，独木舟的另一端坐着的，竟是奈杰尔！这么安排自有道理。奈杰尔必须在学位考试和口试之间的空隙打发时间，奈杰尔也正好在牛津，而且他会划独木舟，也知道，在哪里可以租到那些令人厌恶的东西。况且，这背后还有一位姑婆在，她表达了自己的一个特殊愿望，希望看到两个男孩子能比以前相处得更好。尽管这两位堂兄弟都很久没有去看望过她了，但是他们知道，阿尔玛姑婆的境况比较安逸，她也没有其他的合法继承人。至于奈杰尔，他向朋友们保证，一个怪物变成河马的景色对他来说无法接受，不过，趁机一览英国的乡村风景倒是一件趣事。顺便再看看教会的人口是不是真的如他以前所认为的那样减少了。而且，无论怎样诋毁那些河流，你至少得承认，它们代表了大英帝国的日趋衰落。

西浦科特船闸

　　清晨的阳光，懒洋洋地照在泰晤士河道上游，河面上笼罩着一层薄雾，令人想起昨晚的雨，也预示着今日会是一个"蒸笼"天。正值七月初，一天的这个时候与一年的这个季节，共同制造出一种异常完美的景象。两岸的树林，枝条突出，垂向河道，树叶茂盛而丰腴。野地里的干草，闪闪发光，散发出蒸汽，蒸发着昨夜的雨水。云雀在歌唱，一曲接一曲，没完没了，浑然不觉它们的自高自大。树篱上还盛开着野蔷薇，透露出这个季节最后的气息。朵朵白云飘浮在天边，悠然自得，仿佛在向人们保证，它们没有白日说话的份儿。牛群伫立在田野，缓缓地摇着尾巴，仿佛要保留更多力气，去应付即将到来的炎热。野兔在山丘中晒着太阳，突然被一阵假想的恐惧吓得仓皇逃跑。小路上点缀着三三两两上学的孩童，他们的脑袋挤在一起，为一些无关紧要的事情认真地争辩着。一切充满着希望的气息，一阵西南风缓缓地吹过，却没有一丝丝凉意。

泰晤士流经这个可爱的世界，一个拥有自身秘密的世界。往下游去，泰晤士河与聚居在这里的人类活动混合。发展迅速的城镇，散乱地分布在它的两岸，这中间有梅登黑德、雷丁、亨利、沃灵福德和艾宾顿。可是，上游的水域完全脱离了人类生活的陪伴。半英里之外的村庄，远远地站在一旁，傲慢地转过身，任由它经过，毫不理睬。即使在牛津和莱奇莱德河段之间，拥有适合人类居住的地形结构之处，也未见两岸有成群的人类聚居。在呈现着欢乐景象的干草场中间，或在一条乡间小道的角落里，河水会不经意间在你的脚下流过。它有着自己的航行轨道和生命轨迹。坐在方头平底船或独木舟里，在河面上随波逐流，除了两侧深藏在柳叶菜、金钱草、绣线菊和毒颠茄中高耸的河堤之外，什么也看不见。或有一排柳树，形成帘幕，挡住了你欣赏风景的视线；又或有一簇簇如丛林般茂密的芦苇挡在你前面，让水天消失在你眼前。偶尔看见在田间翻弄干草的人，或从一座座少见而又没有实际用途的铁桥下经过，此时，会让你产生一种错觉，仿佛置身于一个完全不同的世界。跟你做伴的人是一些性格乐观的渔夫，他们三三两两散落在河岸上。偶尔还能看到童子军的营地,孩子们要么在浅滩上玩泥巴,要么光着身子在河岸上晒太阳。河道上的船闸就是你的舞台,波光粼粼的河面,以及小船经过时泛起的漩涡就是你的风景。

由于与世隔绝,泰晤士河自身成了野生生物的避难所。在几百米距离之外的马路上,经常会有小学生拿着石头追逐野兔,或在灌木篱墙上遍寻鸟巢,而这样的情况绝不会发生在泰晤士河上。在充满人类嘈杂和劳作气息的两块陆地之间是一段清澈见底的河道,这里完全不用担心人类的闯入。即使偶尔有意志薄弱的游客造访,船员们也不会打破这里的平静,相反,他们自己也与风景融为一体,成为其中的一部分,大自然就这样漫不经心地接纳了他们。苍鹭悠闲而孤傲地站着,直到你突然惊吓,它才飞走;翠鸟淡定地飞来,停于你咫尺之间的旁边,仿佛由于它天生与蔚蓝天空的背景同色而受到保护一般。鱼儿跃出水面,几乎伸手就能抓到的瞬间,水面又突然归于沉寂。水鸡在水面上来回游动,等你靠近时,便向你展示它们高超的水上滑行和潜水技能。田鼠或在河岸上跟你赛跑,或让你的船头尾随它们的轨迹。蜻蜓在你面前,煽动着迷人的翅膀,在空中为你保驾护航。仅此一次,你便进入大自然的造化中,与大自然融为一体;你行进的线路比罗马人还要古老,而你也不会被人认为在亵渎神灵。

很难想象,面对如此美景竟然无动于衷的,除了伯特尔兄弟之外,还会有其他人。此时，他们正顺流而下，准备打道回府了。无论德里克的性情还是所受的教育，都让他无法感受或领略自然风景带来的美感。此刻，他正四肢舒展，平躺在船底，仿佛放在船中央的一个沉重的赘物般。他的脑袋直立着，后脑勺搁在斜靠着船中央坐板的一个小托上，脸上盖着一顶洪堡毡帽，帽子夸张地向前斜着，遮住了他的双眼。奈杰尔，虽然算是一个不错的观光游客，但是同样几乎不能欣赏如此美景。在炎炎夏日里，他喜欢在城市里消磨时光。在那里，他能看着同类们辛苦劳作，或在脚手架上挥汗如雨，或在公共汽车内挤作一团，那种景象给他带来一种愉悦而凉爽的感觉。夏天总是带来一种缺少艺术修养的效果，大自然把这块画布填得太满，仿佛一位优秀的艺术家陷入了创作低谷期那样。此时，他对周遭的环境视而不见。当他坐在船尾划桨时，他的外表也与周遭格格不入。既然人总是要扮演某个角色，他于是很用心地把自己打扮成一个"船夫"模样。他曾经解释说："杰罗米·K.杰罗米的风格能让船闸管理员们留下深刻印象。"这身粗犷的装扮与它上面那张有着清秀面容的脸以及精心梳在脑后的一头长黑发，构成了一种奇怪的对比。一个独自乘着方头平底船的过客，手搭凉棚，看到这样两个人消失在河道下游，不免怀疑自己的双眼。这完全情有可原。

远处隐约传来瀑布的咆哮声，河道在此处分成两条溪水，岔道的

17

右手边立着一块"注意危险"的告示牌，这表明前方不远处会有一个船闸。西浦科特船闸的作用不仅是为了预防洪水，同时也是一条捷径。流经闸门的渠道大约有一英里长的范围都是完全笔直的，直到尽头，经过几道没必要的弯道之后，才与拦河坝处的水流汇合。船闸和拦河坝都建在两条渠道较高的那端，在它们后面，也就是船闸的右边和拦河坝的左边，有一块面积很大的小岛延伸出来，岛屿的深处树林茂盛，未经开垦。一座狭窄的小木桥横跨在拦河坝上，让人可以从右侧进入岛屿。人们也可以通过这道船闸，到达河道的另一条分支。或者（晚上船闸关闭的时候），人们也可以从南面离船闸约一百米处的那座装有路灯的铁桥上穿过。船闸管理员的房子建在小岛左侧，但是他花园的大部分占据了小岛，因常年受两边的河水冲刷，小岛像一个楔子般向外凸出。

对于任何一个不善交际，却热爱户外工作，喜欢与流水和鲜花为伴的人来说，还有什么比船闸管理员这份工作更适合他终其一生的呢？或者，更准确地说，像船闸管理员那样生活，直到他老得再也不能弯下腰去绞紧绞车的曲柄，再也没有力气将笨重的大门推开。在这上游水域区，只有游船经过。英格兰的夏季气候多变，天气飘忽不定，导致这一带的旅游季非常短暂。其余时候，船闸管理员实际上在生活中也无须与大自然斗智斗勇，因此，他似乎可以全身心侍弄他的花花草草，自始至终相信他的花草们能在理想的环境中生长，能与周围的流水和石头快乐相交。西浦科特船闸正坐落在这些景色最绚烂、犹如梦幻仙境般的花园中间。种着香石竹、美洲石竹、紫罗兰、旱金莲、金鱼草和花菱草的花坛挤满了花园，仿佛一艘用鲜花做成的西班牙大帆船从水界浮出，深红色的蔷薇藤蔓就是它的船帆。你肯定会说，人类先是对大自然施行暴力，强行将河道分开，一半用水坝拦起，另一半则被迫流进一条用石头造的水渠中；然后又雪上加霜，用盛开的花丛让原本伟岸的河岸变得苍白无力。

"那地方（仿佛荷马谈及卡吕普索的花园时的语气）即使是神仙走近，也会忍不住注视和惊叹。"好奇地注视什么东西并不是奈杰尔·伯特尔的习惯，尤其对花草，他有强烈的反感，至少可以说，他对生长在室外的花草很反感。"你知道吗，它们看上去太真实了，就像赤身裸体的野人一样，都十分简单，却又完全不管别人的看法。如果把它们放在温室的玻璃窗后面，还说得过去，那些透明的外表能给它们增添几分俗气的魅力。"所以，当他们的船快靠近船闸时，奈杰尔掏出相机的原因，总体上并不是出于对美景的欣赏（他认为，摄影是所有艺术形式中最高超的一种，因为相机从来不讲真话）。真正引起他注意的是船闸管理员本人的那个形象——当时，他正弯着腰在打理花园，这时候他的背影正好不经意被折成了两半。"完美的拱门设计"，奈杰尔按

19

下快门时低声自言自语道。然后，他突然用力大喊：“开船闸！”那位对眼前情形毫无意识的模特站直了身子，转过身来，看着他们，脸上带着责备的神情。那人脸上受伤的表情，似乎在表示，他只不过是一个把看管船闸当作爱好的园丁而已。不过，他还是转过身，吹着口哨，去打开闸门。

那个乘坐平底方头船的先生刚从这里经过，所以船闸的水还处在高位。奈杰尔缓缓地划着船进入船闸。尽管船闸管理员对于浪费他原本可以用于打理他心爱的天竺葵的时间并不着急，但他还是急忙赶到船闸水位较低的一段，拉起闸口，之后才收取了过闸费。当他站在桥上时，河道下游的某个生活事件引起了他的注意——独居生活的人从来不会吝啬自己注视的目光——他一直站在那里观看，直到河水几乎要流出来了，他才上了岸，采取他一贯的站姿，用力地支撑着木质杠杆较远的那端。那个时候，奈杰尔正站在岸上，而那条独木舟，带着它的另一位乘客，已经不见踪影，消失在闸墙之外。接下来，是一场杂乱无章的对话，船闸管理员只能听清一半，就好像电话采访的助手一样，对话另一方说的是什么，完全听不见。

“到伊顿桥要多久？几个小时吗？……”

“嗯，如果你要花三个小时到那里去的话，你可能会发现我正在那里等你。如果考官让我早点考试，并且对我的知识渊博程度没什么出格的好奇心的话，我应该十一点就能搞定。然后我可以打个车出来，去跟你碰头。那是什么地方来着？"

"噢，没错，它看起来是一家相当不错的酒吧。如果你愿意的话，就在那里等我。不过，我可能会比你早到。你自己决定吧，说不定你可能会从早晨太阳一出来就开始划船，一直划到中午吃饭呢。那我们再见吧……"

"什么？噢，好的，我会把它拿下来。我会把它扔过来，就怕你根本也接不住。"

奈杰尔在台阶下消失了一会儿，然后他又上来，站在船闸管理员身旁。"不"，他说，"他不会再回来了。我得离开这里去赶火车。我知道，从这里坐火车可能要比坐船稍微快一点。顺便问一下，去火车站我该怎么走？"

只要有可能，英国人总是喜欢在为人指路前，先纠正下对方的错误。"想去赶火车，对吗？哎呀，你瞧，你刚才本来应该在那座桥那里下船。从那里，有一趟汽车直接开往火车站，去乘火车。没错，你本来应该那样做，在桥那里下船。现在，你得自己走过去了，明白吗？"

"没多远，对吗？"

"哎呀，你知道吗，如果要从马路上走，你得重新再走回到那座桥，那可能要一个多小时，得花那么长时间。先生，你最好的办法就是走那条田间小路。看到了吗？你要穿过这座桥到拦河坝那边去，然后一直往前走，再穿过田野，树篱在你的左侧。然后，你会看到左前方的三角帆农场，不过，你不用管它，继续往前直走。大约十分钟的路程就可以穿过田野。没错，这是目前你的最佳路线。"

"你会不会碰巧也知道火车的时间点？"

"大约九点一刻，好像有一趟。"

"先生，如果你想回到牛津去的话，九点十四分应该就是你要乘坐的那趟。哦，没错，你有足够的时间，完全能赶上那趟列车，现在还差五分才九点呢。"

"你确定吗？我的钟已经九点了。"

"哦，你的钟快了，先生，肯定是这样的。你知道吗，每天晚上我都通过无线电校对时间，所以我知道准确的时间。现在八点五十五分，就这样。你的钟快了，你明白吗，肯定是这样。"

"我猜，在这样的一条铁路线上，火车应该不会太准时吧？"

"呃，你也不能完全这样说。有时候，它们比你想象中还要准时到达；有时候，我觉得它们会晚到十分钟，甚至十五分钟左右。这取决于它们离开前一站的速度，你知道吗，事情就是这样。但是，先生，如果你要去牛津，你不会迟到的，一分钟都不会迟的。火车不会晚于九点十四分，至少在上午的这个时间，它不会迟到。谢谢你，先生。非常感谢你。如果你沿着那条路一直往前走，你很快就能赶到车站了，而且不到半小时，你就可以从那里返回牛津了。再见，先生。"

奈杰尔穿过船闸，在鲜艳的旱金莲和风铃草中间蹒跚前行。正当横跨拦河坝的那座桥上的闸门在他身后吱吱呀呀准备关上时，他已经消失在小岛和树林的后面。船闸管理员再次把目光投向河道下游。德里克仍然一动不动地躺在船上，船桨慵懒地靠在座板上。风力和流水足以把这只独木舟用正常的速度送至河道。"哎，反正他也不着急赶路。"闸门管理员说着回到花园，去给他的天竺葵除草去了。

独木舟漂流

上一章我们已经提到，奈杰尔对去车站的时间进行了精确的计算，尽管如此，等他赶到牛津火车站时，发现自己来不及买火车票。他只得贸然前去跟检票员搭讪，检票员挥了挥手让他退后，等他处理好其他旅客，才来处理他的情况。奈杰尔经受着被侮辱的感觉，被单独带到售票处补了票。不过，他的住处在牛津城中心，他所受的教育，虽然在许多方面都还不完善，但至少让他习惯于快速的变化。因此，十点才过一两分钟，他已经穿戴整齐，体面地来到了学校门口。

"你要参加什么考试，先生？"门卫问他。

"历史。"

"历史口试明天才开始。十点钟，先生。"

奈杰尔一听，丝毫不觉得失望，转身离开，回到了自己的住处。这个季节，牛津到处是各种令人厌恶的长假游客。拿着旅游指南、速写本和相机的热心美国人，大型旅游车载来的快乐的米兰德尔人，他们有的彼此走散了，有的彼此打着招呼，有的甚至隔着一条街大声地讲着听不清的笑话。一群来自牛津当地参加夏令营的小男孩，正在耐心地努力寻找回基布尔的路。无论是在危险的街道，还是在挤满人群的人行道上，似乎都跟开学季一样，完全没有活动的空间。在牛津北区，商家还是跟往常一样坚持不懈地推销商品。商店的男店员骑着自行车从你身旁经过，女店员们则像鹳鸟一样坐在台阶上歇息。考利神父们肩上披着斗篷，迈着沉重的步子走在街头，双眼注视着远方。教师们相遇了，停下来彼此问候，分开的时候又彼此道别。只有这一次，这位牛津大学的本科生像一只候鸟般居无定所。一张"房屋出租"的告示牌凄凉地挂在奈杰尔自己客厅的窗户上，窗户下面种着一盆羊齿草——不，这里已经没有他的地方了。他换下白色领带，叫了一辆出租车，不到十五分钟，他就在伊顿桥下车了。

古郡旅馆就坐落在伊顿桥旁边，旅馆前面有一片令人愉悦但不太整洁的草坪斜坡，斜坡面朝泰晤士河。草坪的尽头有一个小码头，几条小船停泊在小码头上，码头的后面是一个游廊。在潮湿多雨的天气里，来度假的游客可以在这个游廊里喝茶，不用到室内去避雨。总之，要等待一位慢吞吞的堂兄，再没有比这里更好的地方了。奈杰尔向吧台那个年轻姑娘解释了他到这里来的目的，询问她时间后，他点了一大杯瓦窑姜啤。当服务员把啤酒端到草坪上给奈杰尔时，他从口袋里掏出一个便携烧瓶，往啤酒里加了一些葡萄酒，然后坐下来，一边啜饮，一边等他的堂兄。德里克不可能已经到了，不过话又说回来，在半小时之内或者最多一小时内，德里克应该会出现，这点毫无疑问。他的航向是顺流而下，而且还顺风。因此，奈杰尔此刻除了坐在这里进行哲学思考外，没有其他事情可做。此刻，脚下缓慢流淌的河水，打着漩儿，也似乎在邀请奈杰尔去思考人生哲学。这情景正好与这个刚从牛津来的男人的情绪产生共鸣，像这缓慢流淌的河水一样，到目前为止，他也没有取得什么巨大的成就，可为自己增添光彩。一只体型硕大的雄孔雀，满怀戒心地缓缓进入奈杰尔的视线。奈杰尔捡起一些面包屑，蘸了一些杜松子酒在上面，扔到孔雀面前，希望引起孔雀的兴趣。一只醉酒的孔雀无疑会成为一道奇观。终于，他看见孔雀无比震惊地失去了往日沉着的风度。在河对岸下游一带的地方，一群野营的人引起了奈杰尔的注意。两个健壮的年轻男人似乎正在清洗餐具，晾晒衣服。奈杰尔思忖着，自己是否有可能会喜欢上那种自己洗盘子、吃三文鱼罐头的生活呢？有些人似乎是出于对那种生活的热爱才去做的，也许那也可能是生活的某种补偿。如今，你可以把任何东西都解释为补偿。

已经上午十一点半了，还没见独木舟的踪迹。奈杰尔心神不定地来回踱步，时不时看看手表。最后，他点了一份午餐，以冷餐羊肉为主食，配了一杯樱桃白兰地，独自一人享用了。大约在十二点四五十分的时候，他决定不再等下去了。奈杰尔走到吧台服务员那里——他开始担心了——他向服务员说明了他那位在独木舟的朋友的情况，那位先生最近健康状况很糟糕，似乎有可能已经发生了某种意外。他说，无论如何，他打算到上游去找他，有没有可能有人陪他一起去？因为他自己不太会游泳，如果能有一个擅长游泳的人在场，那就好办了。旅馆里有没有这样的人可以和他一起去？看起来似乎还真有这样的人。有那么一个古怪的人，他总是做好准备，随时应付任何突发事件。他像鸭子一样深谙水性。奈杰尔被介绍给这个怪人，结果发现，他不过是一个很普通的人而已。他之所以愿意参与，似乎是为了可以出去走一个小时，或者找一个理由打发时间。他们穿过伊顿桥，沿着一条由被踩碎的干草形成的小路出发了。这条路一直通往泰晤士河东岸，人们美其名曰"纤路"。

侦探小说的缪斯女神——想必她此时仍然健在吧——与她的姐妹们相比，有一个不足之处。她不能通篇讲述一个苍白无力、平淡无奇的故事。如果这样，那她就没有神秘感，也没有错综复杂的线索，更不存在戏剧性的结局。作者的全知全能和读者的无所不在联合起来，就会毁掉故事中的所有蛛丝马迹。任何线索都会被发现，任何细节都会得到适当的重视。因此，我们有必要不时地打断贯穿于枯燥、陈旧的叙述线索。我们看待事实时，不应该只看事物本身，而要看它们是如何呈现给那些参与相关事件的人。那么，就让我用第二天呈现给成千上万读者的形式，来向你展示我这篇故事的下一个篇章吧。

愉悦之旅，神秘结局

泛舟之人恐已溺水

牛津

在此，德里克·伯特尔先生的安全令人担心。他是一位来自伦敦的游客，乘坐独木舟前往克里科雷德旅游，本该昨日返回。有人最后一次看见他，是在昨天早晨较早的时候，当时他离开了西浦科特船闸。那个船闸位于河道一个相对偏僻的地方，在伊顿桥北面约六英里处。他的堂弟，奈杰尔·伯特尔先生当时陪他到那里，就从西浦科特下船乘火车去了牛津，他原本打算在伊顿桥那里等他，所以大约一两个小时后，他又从牛津乘车来到这里。等了一段时间还没有看到他的旅伴，这让他担心。因此，他在古郡旅馆的维修人员乔治·劳瑟的陪同下，逆流而上，由"纤路"前往西浦科特。

大约下午一点半，他们看见这位已经失踪的先生的帽子，漂浮在河道中间。不久后，独木舟也进入视野，船还在河上漂着，但是河水已经满到舷缘。可是，先前乘船的那位却不见踪影。劳瑟立即脱下衣裤向独木舟游过去，他毫不费力地把船拖到岸边。接着，他开始在独木舟被找到时的位置勇敢地潜到水底，想看看能不能找到更多关于这位失踪先生的踪迹。他们整理好独木舟，把它拉到岸上清空后，发现船体的一块板条上面有一个尺寸不小、凹凸不平的漏洞，很显然是与尖锐的沙砾经过了猛烈的撞击，河岸边缘几处接二连三都是这样的沙砾。

心力衰竭的说法

他们立即向事发现场附近的西浦科特船闸、伊顿、毕沃兹村庄等地发出了救援。救生员们昨天一整个下午，都撑着方头平底船，忙着密集地搜寻河床，几个搜救队在河两岸的村镇里寻找，以防伯特尔先生已经上岸，正需要帮助。然而，由于他心脏虚弱，人们担心，他可能已经死于突发性心脏病。

然后，由于船身摇晃导致他落水，从而造成船体遭受损害。这个季节，正是河床上芦苇丛生的时候，所以，搜救工作必然变得困难。为了确定失踪的伯特尔先生的下落，他们还在当地彻底寻访了一遍，但是，直到昨天深夜，依然一无所获。

精神状态从未如此好过

牛津大学本科生中著名人物，奈杰尔·伯特尔先生昨天接受了我社代表的采访。他说，堂兄突然消失，让他非常震惊。他当时不得不在西浦科特船闸下船，因为他当时觉得自己应该在昨天上午十点，回牛津大学参加一场重要的考试。"当时，我的堂兄是处于精神状态最好的时候，"他这样解释说，"医生告诉过他，让他注意心脏健康，而我只能猜测，他完全忽视了医生的警告，当我不在船上的时候，受到了某种致命的伤害。我们一起逆流而上到了克里科雷德，却在我们的回程途中，发生了这起意外。我堂兄不是经常锻炼的，很有可能，他遇到的伤害是他不能承受的。"

不可避免的意外

昨天，泰晤士河管理委员会的一位成员在接受采访时解释说，泰晤士河上的意外事故并非罕见。但是，在他看来，这些事故是不可避免的。尽管每个船闸都有救生圈和救生员——他对他们出色的服务进行了热情洋溢的嘉奖——尽力确保公众安全，但是仍然没有办法在两个船闸之间的河面上巡逻。因此，管理委员会在河道上放置了醒目的告示牌，提醒公众，在这样的河面上旅游，人们应该自己承担风险。何况，对于没有什么游泳经验的人来说，独木舟是一种不安全的工具，因为稍微失去一点平衡，就有可能翻船。

德里克·伯特尔先生是已故上尉约翰·伯特尔的儿子，约翰上尉在法国战役期间以身殉国。德里克·伯特尔曾就读于牛津大学西蒙·梅格斯学院，最近一直住在伦敦。他的众多朋友对他遭遇的不幸深感同情，也认为他的死亡是一个谜团。

注：本报免费附送一份意外保险单。

到目前为止，只有这些简短的记录。如果有人认为写这种文章很轻松，那就是对以此谋生的人不公平的评价。要完成这幅画，可能需要加上一些细节。独木舟被发现的地点离西浦科特船闸大约有三英里，就在西侧河岸上游一间废弃的船库附近。独木舟底部的那个洞，凹凸

31

不平，边缘有被割裂的痕迹，好像是最近造成的——毫无疑问，船底有一块用麻丝填充的旧船缝已经松动了。检查过这只独木舟的救生员一致表情严肃地认为，最难的疑点是，仅凭河边一块卵石的冲撞，怎么可能造成一道如此深的切痕？即使独木舟全速前进，也难以想象怎么能造成这种情况？何况，即使在灾难发生的那一刻，船本身没有漂移，当时独木舟肯定也是慢悠悠地前行。独木舟的主人坚持认为，他的船之前是完好无损的，而且从船的外表看来，它几乎是全新的。两根船桨漂在帽子附近的水面。德里克的行李也在独木舟上找到了，已经被水完全浸透了。

一群热心的业余侦探沿着河两岸进行搜索，甚至连树林深处都搜遍了，想要找到这位失踪先生的足迹，可惜毫无收获。如果他从左边上了岸，他自然会到毕沃斯村去，因为村子离事发地只有半英里的路程，但是，没有一个村民或是在田间劳作的劳动者见过他的踪迹。另一侧的河岸更加偏僻（当时那个时间点还早，渔夫们都还没出来）。不过，再往下游去一点，有一个男子兵团的营地。可是，一个全身湿透的陌生人路过营地，他们不可能会注意不到。在这一天快要结束时，即使最乐观的旁观者也只能承认，哪怕他们找到失踪者，也可能只是一具尸体了。

奈杰尔赶上最末一班火车回牛津去了。毫无疑问，他已经跟警方

32

沟通过了，毕竟也没有父母可以沟通——确实，最凄凉的事实就是，尽管记者们提到这点时表现得很有礼貌，但是这个世界上并没有人为德里克的死感到悲伤，或者说，并没有人关心德里克的死活。他有无数个点头之交，却没有一个真正的朋友。因此，除了等消息之外，目前没有任何事可以做。从这个角度来说，对奈杰尔而言，牛津是目前最好的去处。正好第二天，他还有口语考试，而且，在离开这座美丽的城市之前，无论如何他也需要花上一两天的时间打包行李。正如他对自己所说的，"将中年时期所有破灭的幻想从他的废弃工厂吐出"。毫无疑问，记者会是个麻烦事，而且就连警方也可能会想要问一些关于德里克的尸体是否找到了的问题，关于勘验过程中所有大惊小怪以及那些不舒服的事情。他必须下定决心，要采取必要的措施来完成这件事。"对你来说，它会是一个成长的经历。"其中一个老师含糊其词地对他说。不过，他觉得这句安慰的话很糟糕。奈杰尔坚信，没有什么事能像人生经历一样，扭曲一个人对生活的想象力。

难以形容保险公司的质疑

当我说没有人为德里克的死而悲伤，也没有人在乎他的死活时，似乎太草率了，我应该排除难以形容保险公司。对于一家拥有如此巨额资产的保险公司而言，按照保险条款赔付德里克的保险金额，当然就如汪洋中的一滴水般，九牛一毛而已，但是（说得好听一些），公事公办。正如一位精明的主妇，她宁愿浪费几个小时去搞清楚账户里消失的六便士的去处，也不愿意从自己的钱包里掏出六便士去交款。同样，难以形容保险公司宁愿尽快打发保险代理人去调查真相，也不愿意失去这区区五万英镑的保险费。这是一个原则性问题。

在这个无知的年代，期待我的读者熟悉麦尔斯·布莱顿可能要求太高。因此，我必须冒着被有知识的人认为啰唆的风险提醒公众，麦尔斯·布莱顿就是难以形容保险公司经常在这种场合下合作的一个代理人。事实上，他就是这家公司聘请的私人侦探。这家公司为他支付高额的薪水，聘用他为公司效劳，同时，由于他不为其他任何人工作，所以他获得的报酬更加丰厚。他的工作自然是周期性的，这完全符合他慵懒的生活方式。清闲时，他可以打打高尔夫球，花上整晚的时间玩他最喜欢但令人难以理解的单人纸牌游戏，待在他的乡间别墅里，陪在他那令人羡慕的、与他心照不宣的妻子身旁。这一切都是布莱顿想要的，甚至有时候，一连好几个月，他都可以这样生活。接下来，可能会有时尚珠宝丢失案、伦敦东区仓库纵火案等着他。这时候，虽然布莱顿极不愿意，但他不得不重操侦探的"旧业"了。对于这一行，他极具天赋，却又深感厌恶。

　　他被叫到伦敦，参加一个紧急会谈。他走进难以形容保险公司那扇令人讨厌的大门，内心有一种不愉快的"应付了事"的感觉。我不打算用任何文字来描述他被带去的、楼上的那个房间，要不然，就有一种我熟悉那个房间的嫌疑。然而，不论是你，还是读者，或者是我，我们都不可能被带去二楼以外的地方，即使我们当中有人很幸运地被难以形容保险公司承保，也不可能。在公司三楼那像一个巨大迷宫的某处，布莱顿从人们的视野中消失了。如果你愿意，可以在门外偷听，但是世俗的双眼不能通过锁孔看见房间里面。我设想，几个金子做的烟灰缸放在房间的桌子上，真正的象牙天花板，墙上挂着一两幅鲁本斯的真迹。不过，我也许夸张了。不管怎样，此刻他正和肖尔托在密谈。肖尔托是该公司的一个重要人物，与谢尔顿私交甚好。与他们一起密谈的还有特里梅因医生，就是那位杰出的医生，他被公司用重金雇佣，放弃医院治病救人的工作，将自己的才能用于预测死亡的可能性。

有人给了布莱顿一根烟。我猜，是一根两先令六便士的雪茄。"我们要谈谈这个伯特尔的案子。"肖尔托说。

"噢，天呐，不会吧？我在赶来伦敦的途中，在报纸上看到这个案子。我真的很高兴，发现当时的情况是多么神秘。我敢保证，没有什么能比悬而未决的神秘事件更能让我脑子清醒的东西了。你不是想告诉我，公司卷入这个案子了？"

"没错。一笔五万英镑的保单。"

"五万英镑危在旦夕！让他们把保险销售员开了，这事儿就了了。不过，这个伯特尔怎么能付得起保费呢？我认识几个了解他的人，就我所知，这个伯特尔从不为任何事买单的。"

"不是他本人支付的保费，是他的债主们。为了这事儿，他们当时组了一个团来。我跟你说，那情景简直就像犹太人逃离埃及一样。你知道吗，他一直四处举债，而他二十五岁之前不能碰他那笔钱。这就是我们的切入点。"

"那他多大了，或者说他投保时多大了？"

"离保单到期还有两个月就二十五了。"

"好家伙！听起来像是莫特拉姆案件重演啊。身体虚弱是怎么回事，医生？我想，您为他做过体检的，对吗？"

"我亲爱的布莱顿，身体虚弱都不足以形容他的健康状况。那家伙的身体简直就像一具残骸了。我从没见过什么人，把自己的身体糟蹋成那种样子。"

"是潘趣还是朱迪？——就像希利神父过去常问的。"

"噢，你能想象到的任何事物。不过，过去一两年里，他一直吸毒。我见到他时，很明显，他的状态差不多已经是无药可救了，他的心脏已经千疮百孔了。我当时觉得，他活不过两年，不过当时，我们只承保他活到二十五岁，西蒙兹当时也是这么说的。他已经为那家伙尽力了，也想努力拉他一把。"

"是不是西蒙兹建议了这次独木舟旅行？"

"没错，就是他一时的怪念头。我认为，西蒙兹肯定从泰晤士河道管理委员会拿了好处。要是没有他，他们河道上的船闸常年都得不到维修。"

"哎，以后他最好是推荐淋浴椅子。西蒙兹对这起心脏衰竭案子持什么观点？"

"噢，没问题。那完全有可能。如果伯特尔一直是有点懈怠的，比方说，他突然想要加速划船，那他就非常容易发病，摔倒在船上，导致船翻，把他压在船下面，这样公司就得支付五万英镑的保费了。"

"这么看来，我的工作是要拯救西蒙兹的人设了。有没有可能他耍了什么花招，肖尔托——你知道的，比如玩失踪？"

"有可能。我从前去泰晤士河钓过鱼，有时候，方圆几英里都见不到一个人影。可是，这家伙为什么会这样做呢？你看，如果他消失，那笔钱就归他堂弟了。而且，有一点十分确定，这两兄弟之间的感情并不好。为什么德里克·伯特尔先生会乐意主动消失，让奈杰尔·伯特尔先生获得一笔数额可观的遗产呢？"

"这个奈杰尔是个什么样的家伙？他是个关键人物。"

"我们已经询问过，他似乎是一个很恶毒的家伙。我该说，一半一半吧，一半是美学家，另一半则是个恶魔。但是，到目前为止，还没有证据可以证明，他有谋杀嫌疑——如你所想的那样。"

"噢，我们好像遇到了一群华而不实的人。在我看来，在承保之前，我们公司应该请一位牧师去调查投保人的道德品行。你们到底希望我做什么呢？"

"噢，立即到泰晤士河上游去，到处找找，看看有没有烟蒂。在一年中这个季节，那地方的风景也不算差。如果有人钓鱼时钓到一具尸体，这个案子就完结了；如果没有，过段时间，我们也得假定他死亡了。除非你能证明这家伙还活着，或者找到证据证明他九月三日还活着。我司一般不会让申请理赔的人们等太久。如果我是你，我会立即出发，因为报纸上已经在头版头条上报道了这件事，而且不久之后，会有大批游客到泰晤士河去。你知道吗，这对你有好处，可以帮你减肥。我真希望我也能到那里去，看看你在标记着"X"的事发地的泥浆里猛冲的样子。好了，撸起袖子干吧。这是命令。"

布莱顿给妻子发了一份紧急请求电报，让她立即收拾行李，然后去乡村别墅里接她。在他们自驾去牛津的路上，实际上，是妻子在开车，而布莱顿，正在思考。"我不喜欢这个案子，安杰拉，"他坐在副驾上，对她说，"我感觉，这将会是一个复杂的案子，很讨厌。"

"也许只是你认为这是一个复杂的案子，我可不这么认为。我和你要做的事只不过就是坐在一条独木舟里，在泰晤士河上游闲逛，等那些救生员把尸体挖出来。你知道吗，麦尔斯，你已经好长时间没有带我出来划船了。我都怀疑，我划桨的那只胳膊上的肌肉都已经松弛了。肯定只有我是因此遭受损失的人，因为在河面上，我肯定看起来像个怪物。为什么男人们划船时总是看起来像个英雄似的，而女人却看起来像是衣着守旧的人？'这些小妇人们也决心要尽情享受阳光'——

就是那种事而已。所以，究竟什么东西让你担心呢？"

"噢，我也说不上来，但是从报纸上都能看出来，这不是一个简单的案子。这起案子像是一场有预谋的犯罪，这就是问题所在。整个案子都透露出一种阴谋的气氛，所以，意味着有人一直隐藏在暗处，掩盖他的行踪，而我们必须查出来这人是谁，他在哪儿，他的动机是什么。"

"可是，你为什么觉得这是一起阴谋呢？"

"哎，难道你没看见，整件事情发生得有点太顺利，显得很不真实。独木舟旅行这件事没什么问题，西蒙兹总是向人推荐这个。可是，在那种旅行中，为什么德里克·伯特尔先生要带上他明显很讨厌的堂弟呢？有什么比让两个难以接受彼此的人在船上待一个星期更难的吗？他们一起去划船，这看起来不太正常。"

"可是，事发时，他们俩不在一起啊。"

"我知道，那么，他们当时为什么不在一起呢？那也完全不对。整整一个星期，他们在一起的时候，只要德里克·伯特尔高兴，他就可以随时发作。但是，他没有——他等到堂弟不在的时候，突然发作。与此同时，这位堂弟不是永久地消失，相反，他又回来了，而且恰好是在他堂兄死掉的时刻回来。"

"你确定，这些不是你凭空想象出来的？"

"老婆，我从不凭空想象。我也不是凭本能反应，不是靠预感，也不是靠那些难以解释的系统研究。我只是看整件事情的逻辑，仅此而已。而且，我认为，这件事发生得似乎有一点太合情合理了，不可能是一个巧合。还要记住几点：首先，这个案子发生在泰晤士河最偏僻的河段上；其次，它发生在早晨，在这个时间段，河道上不会有任何渔夫。你看，这两个年轻人先是逆流而上，然后他们又顺流而下。整个过程中，他们有充分的时机提前勘察地形。不，这个案子从某种程度、某个角度来看，它是一个事先商定好的任务。"

"可是，这会是种什么任务呢？难道是自杀？我知道你是多么迷恋自杀理论的。"

"自杀不成立。如果一个人想要自杀，选择划独木舟出去是最完美、最合理的方式，而且，尤其是他想把自杀伪装成一起意外事故时。如果乘坐一条独木舟，那没有人会说：'他怎么能够从船上摔下去呢？'但是，正是因为这个原因，我们完全没必要用一条船底有洞的独木舟。如果想要溺水，最简单的方式就是掉进水里，然后被水淹死，没必要躺在一条有舷窗的独木舟里，感受着河水慢慢渗入，浸透他的旅行包。我不相信，会有人用如此冷血的方式去自杀。再说了，如果他确实只是跳进河里寻死，留下独木舟作为事发地点的标记，那他为什么不让独木舟在水上正常地漂浮——或者如果你喜欢的话，就让独木舟里浸满了水，但是，至少，船底不应该有一个洞。就算他想要让整件事看起来像是一场意外事故，那他不正是欲盖弥彰了吗？"

"福尔摩斯，我好像明白你的意思了。原来，我们竟然是在追踪一起谋杀案。"

"不，你错了，谋杀的假设也不成立。泰晤士河上游是最后一个地方，在这里，你有可能偶遇满腹牢骚和带着散弹枪的老朋友。如果真是谋杀，那么这个奈杰尔就是最大的嫌疑，但事实不是如此。因为肯定是另一个人，即德里克，他计划了这次独木舟之行。去假设被谋杀者让自己整个星期都任由谋杀者来处置自己，这似乎有点太过巧合了。当然，我们应该把这种可能性考虑进去。但是，我不喜欢可能性。"

"那么，会不会是故意失踪？就像莫特拉姆的宝石座一样？有可能值得他这么去做。"

"有可能，可是，如果一个人想玩失踪，他肯定会用一种平稳、不引人注目的方式，趁社会上有人发现他不见之前，就消失得无影无踪。不会希望在他消失后，全世界的人都去找他；也不想让新闻报纸第二天就在头版头条上大肆报道他失踪的消息，更不希望让他的船头被撞破，让警察怀疑他被谋杀。不过，这个想法倒是符合故事的一些情节，比如说，他的堂弟故意离开两三个小时，让他独自一个人。可是，船底的那个洞似乎又驳倒了这个观点。不，担心也没用，在我们打算开展进一步的工作之前，必须好好勘察一下周边。我不确定，在牛津购买六只独木舟做个小实验，会不会是件好事。"

"那我们不会打算住在牛津吧？你知道的，你可是一直不太善于交际的。"

"如果我们能在伊顿桥旁边的旅馆订到房间，就不用在牛津待了，离事发现场越近越好。这个案子从发生到现在，肯定已经快二十四小时了。如果可能的话，我不希望丢掉这些线索，而且，我也想感受一下那里的气氛。去牛津就完全不对了。"

"我只是想，你可能打算去采访一下这位堂弟本人。他肯定还在牛津附近。"

"我可不确定，那个年轻人是否跟你一样欣赏我，安杰拉。再说，我有什么权利去采访他呢？我总不能像修理电灯的工人那样，递上一张'难以形容保险公司'的名片给他吧？再说，在这些案件中，公司希望我用匿名身份。除非我有一个偶然的机会能跟他认识，否则这位堂弟只得继续遗憾地对我的存在一无所知。不用了，伊顿桥对我来说就够了，还有船闸管理员。人们总是能从船闸管理员那里打听到一些消息。"

"不过，这个管理员可能脾气很差，在这过去的二十四小时里，他肯定回答了很多的问题。"

"这时候你就可以派上用场了。你知道吗，有时候，我真的很开心，我是一位已婚人士。从某种程度上来说，你得去赢得他的信任。让我看看，用什么方法呢？狗？他们这些人通常都养狗的。不，我知道了，花园，他们所有人都有花园。所以，你到时候必须要对他的花园真正表示出兴趣。"

"那么园丁的丈夫正在干吗呢？那位丈夫正在后面的草地上寻找足迹？好吧。如果他看起来很难对付，那我就请他给我剪一些半边莲。可是，我不太明白，我们要怎么跟他解释我们到底为什么到船闸去，因为那边的路不能再往前走了。难道我们直接说，我们得知他有一个漂亮的花园，然后就……"

"恰恰相反，我们就说'开闸'！来开始我们的对话。然后，你再开始工作。"

"噢……难道我们真的要立即开始划船了吗？我的意思是说，你载着我在船上，一个人往上游划六英里的距离，到时候你会很累，而且会很晚。"

"我已经考虑过，带上两副船桨，就可以解决这个问题。不过，要当心，这是玛达琳娜桥，可不是布鲁克林桥。你得留心公众的安全。"

伯吉斯先生的详述

经证实，古郡旅馆没有其他游客，服务员们立即热情接待了陌生人，对于他们来这里的目的毫无兴趣。他们支付了押金，要了一间很不错的客房，客房的窗户外面正好是泰晤士河的草地。他们草率地吃了一顿午餐，布莱顿明显已经不耐烦了，想要尽快动身。安杰拉只得顺着他的脾气。他们从旅馆不仅租了一条独木舟，还借了一根足够长的绳子。他们往泰晤士河上游去的航行最终大部分是靠牵引完成的——布莱顿在岸上走，安杰拉负责驾驶，偶尔在船尾轻轻划几下桨。很少有东西能比一艘受牵引的独木舟航行得更快。事实上，唯一延误他们行程的情况就是出现了几只让人伤悲的挖泥船，船上的工作人员正忙着对河床进行打捞,希望找到关于这次灾难的更多线索。在河道的某一处,整条河都被挖泥船堵住了,他们觉得有必要把独木舟拉上岸。幸运的是,这个地点正是童子军扎营的地方。布莱顿饶有兴趣地打量着营地,发觉营地只有十四个少年,他们都是为了行善积德而来的。童子军团的团长——一位上了年纪、颇有教养的男子前来跟布莱顿攀谈,同时还指挥着孩子们。

"真有意思,"布莱顿说,"意外发生的时候,竟然有这么多帮手在旁边,却没派上用场。"

"哎,"那位陌生男子说,"我不知道,如果我们在的话,到底能有多大作用。您看,我们当时刚到这里,而且那天早晨,年龄稍大的男孩子们都被小拖车拉到惠桑普顿去搬运我们的补给品了,只有几个年龄小的留在这里,打扫卫生什么的。"

"这么说,当时你自己也在惠桑普顿了?"

"噢,没有,当时我确实在营地。不过,这里有很多没完没了的琐事等着人去安排,所以,当时我没有注意到河道的情况。完全没注意到,完全没注意到。孩子们喜欢在这里。再见,先生。"

考虑到船闸的关系,他们对这次行动计划临时做了调整。如果他们要求打开船闸,那就必须继续往上游去,让表面上看起来更合理,但那只是浪费时间而已。布莱顿大声问船闸管理员,能不能把船系在船闸下面，他们到西浦科特去喝点茶。船闸管理员愣了很久，那迟疑的样子就好像一个内心经历挣扎的人。

"先生，如果你愿意，没有人反对你把船系在那里。不过，在西浦科特你喝不到茶，因为旅馆的巴利夫人不提供茶叶，她说没有人需要，情况就是这样的。你们到古郡旅馆可以喝到一杯上好的茶，但是在西浦科特不行。当然，如果你们不赶路的话，我倒可以问问伯吉斯太太，是否愿意为你们煮一杯茶——在旅游旺季，她有时候也会这么做。"

麦尔斯立即猜想，这位伯吉斯太太就是船闸管理员的妻子。受虚荣心作祟，在与陌生人交谈的时候，人们总是希望别人知道自己的姓氏。这当然是他们最希望的事情了。因此，这个提议被立即采纳，他们的位置也得到了保障。安杰拉原本只是打算说一些敷衍的话来赞美管理员的花园，却没想到自己真的被眼前所见的美景打动。还不到五分钟，她竟然发现自己正在请教伯吉斯先生关于园艺方面的建议了。她极尽夸张之能事，对花园赞不绝口，还让她那位略显尴尬的丈夫作证，说伯吉斯先生的石竹花比他们自己的早开了两个星期。她完全被花园给迷住了，以至于最后是伯吉斯先生自己郑重其事地提醒他们注意，最近那里发生了一场悲剧，而他当时就在现场。

"啊，对了，那起溺水事件，"布莱顿说，"真是一件不同寻常的事情——你以前听说过，像那样撞在一块砾石上，就能把船底撞破的吗？"

"没有，先生，我从未听过。你可以相信我，告诉你的是实话。如果是比赛船，我不敢保证，因为那种船是为速度而造，但是这种独木舟造得都很结实的，不知道你懂我的意思吗？这种船轻，但是结实，就是那样，因为木头质量好。在洪水中，或者您划着它穿过激流的话，说不定会撞坏一两条。不过，你也看见了，这里没有激流，在温德拉什附近都没有。如果他们的船是在温德拉什附近损坏的，那他们一路上是怎么安然无恙地抵达这里的呢？这是我弄不懂的地方。"

"我猜，那只船通过你这个船闸的时候，应该看起来足够结实吧？"

"呃，你知道吗，先生，一般来说船只路过的时候，我们不会去仔细观察它们的，哪怕是最平常地看一眼也不会，因为实在是看过太多船了。"

"我猜，一般这种情况，有船经过，你们也不太会注意船上的人吧？发生这种事情，一定很烦吧？肯定得回答一大堆的问题，譬如船上的那个人长什么样子，他们几点钟经过船闸，等等。"

"噢，你那样问，倒挺奇怪的。先生，因为事情就是这么碰巧，我正好知道那条船经过这里的具体时间，所以能回答这样的问题。你知道吗？先生，当时那位年轻人从船上下来，他很着急，想去西浦科特车站赶火车。我当时告诉他，确实，他本应该在上游河段的桥下船，'然后你可以在那里乘公共汽车，'我说，'那趟公共汽车是从大桥到西浦科特车站的。'噢'，他说——那个年轻人说起话来挺装腔作势的。'噢，'他就像那样说，'我想要赶九点十四分的火车。''呃，'我说，'你可以抄小道过去赶九点十四分的火车'；'那条道不用十五分钟，而现在才八点五十五分。''见鬼，'他说，'请原谅，先生，我的表现在九点差一分。'所以，我告诉他，我这里是通过无线电收音机校对时间的，当时我还把我的表给他看了。这些话对你来说好像跟平时没什么两样，但是，你瞧，我就是这样知道了他是几点离开的。"

令安杰拉高兴的是，他们在一个长满了蔷薇藤蔓的凉亭里喝茶，那个凉亭是欣赏泰晤士河优美风景的最佳位置。她对这次差事的目的已经失去了兴趣，在内心认为这次探险之旅是一次度假。麦尔斯虽然假装出来一副更加懒洋洋的样子，但他还是在向伯吉斯提一些严肃的问题，而伯吉斯仍然滔滔不绝，打开的话匣子不知道该怎么关闭了。

"不过，当然，你看见的是在岸上的那个年轻人，他当时已经下船了，所以你看清楚了他的长相。但是，待在船里的那位年轻人长什么样，你肯定说不出来——毕竟，那是一具尸体了。你可能在某一天要被叫去辨认的吧？"

"是的，先生，确实如此。你是没法看清楚一个坐在船上从你身边经过的人，尤其当他还戴着一顶帽子的时候，就像这顶帽子一样。但是，同一时间，不管在什么地方我都能认出来另外一个。他说想去赶九点十四分的火车，我说，噢，你走那条小道就可以赶上。然后，你瞧，他就照样做了。"

"不过，你敢发誓，确实有另外一位先生经过船闸吗？"布莱顿问。船闸管理员对这些带有一种辩证性喜悦的回忆开始变得有点让人厌倦。

"对不起，先生，你和警方有什么关系吗？"伯吉斯问道，语气中带有一丝怀疑，态度随即冷淡。

"噢，天呐，当然没有。"布莱顿急切地回答。

"先生，我无意冒犯你，但是，你看，事情就是这样。如果警察来找我，问我这些问题，那么我准备好据实回答他们，我能做的也就这些，对不对？但是，不应该是我自己过去找警方，告诉他们一些杂乱的信息，把我的一些想法装进他们的脑袋。请注意，我不是对警察有什么成见，但是我所说的，如果是他们应该去发掘的，那他们应该会提出一些问题，而我也会如实回答。我是一个遵纪守法的人，确实如此，我没什么可怕的事，也没什么可怕的人，你懂的。但是，我不愿意跟警察搅和在一起，即使是我能提供帮助的时候，我也不愿意。先生，假如你是警察，你来问我，是不是有另一个人路过船闸。我会说，噢，是的，仅此而已，而且事实也是如此。不过，先生，看在你跟他们没什么瓜葛的分上，我要告诉你的不只是那些。当时，独木舟经过船闸的时候，船上还有另外一个人，但是他在船上待了多久呢？那是我想问的，他当时在船上待了多久呢？"

"哦，如果我们知道答案，就应该向报纸透露一些消息，你觉得呢？"

"哈，先生，他们知道的可并不总是人们告诉他们的。喏，你看，先生，我是一个简单朴素的人，你知道我什么意思的吧？我并不假装比别人懂得多，但是，你看，我有自己的双眼，而这就是我想要告诉你们的。当那个年轻人坐着独木舟经过船闸的时候——那条船可能跟你们这条一样，只是他们往下游去而不是逆流而上——当那个年轻人经过船闸时，他整个人是平躺在船里的，好像睡着了一样。先生，如果你相信我的话，他当时并没有在掌控船的方向盘，只是任凭船只自己向前漂流，让风向带着它往下走。哈，我当时还对自己说：'你在玩什么鬼把戏吧，肯定是。''你要不是在玩什么把戏，就不必像那样子装睡了。'我说。不过，当时我并没有注意他长什么样子。只要有人交费就行，这就是我的职责范围。但是，那幅景象给我留下深刻印象，你知道我的意思。我觉得那样子看起来不自然，就是那样。"

"这么说，你当时什么也没做，对吗？"

"在当时，先生，没有，先生。不过，过了一会儿之后，可能是半小时，或者二十五分钟之后，我沿着小岛往下走了一点，去看看伯吉斯太太的几只母鸡，它们好像跑到树林里去了。呃，先生，你还记得刚才穿过的那座铁桥吗？就在船闸下面一点点。那一座供行人使用的铁桥,因为好像没有路通往那里。"

"没错,我记得注意到那座桥了,它把小岛和河西的堤岸连起来了。怎么了?"

"可能你没有注意到,那座桥的台阶是水泥做的,跟船闸这里一样。呃,我走过那些台阶,就是在靠近小岛这边堤岸的台阶,你猜我看到什么了? 脚印,先生,光着脚的脚印,无论怎么看,都像是小说里面那个忠仆'星期五'的脚印一样。我当时觉得,好像有人在水里游泳,或者可能在划桨,把脚打湿了,然后留下那些脚印。当然,如果你现在打算去那里,你肯定什么也看不到的,到现在,那些脚印早都干掉了,但是,我路过的时候,它们就在那里,从铁桥上一直往下,清清楚楚,任何人都看得见。"

"不过,那可太离奇、太有趣了! 那些脚印是指向何方呢? 我的意思是,它们是上楼梯还是下楼梯呢? 桥那边的台阶上当时有脚印吗?"

"没有,先生,只是一面的台阶上有,就是我告诉你的那面。而且,脚印是朝下的,先生,脚趾头的方向指向小岛。所以,这就是让我发问的地方,那位先生真的在船上吗?"

"确实很有趣! 不过,这又让我觉得好奇,为什么他只留了下楼梯的脚印,而没有留下上楼梯的脚印呢?"

"啊,先生,那是因为你还没有准确地记起那座桥的构造。那座桥的桥面非常陡峭，先生，下面有铁条支撑着，两边往下延伸一直到河边。所以我当时纳闷，譬如，是什么东西妨碍了那个年轻人抓住那些铁条在船上站起身来，双臂用力爬上桥去呢？你知道的，那里的河岸很陡，而且下了一晚上的雨，河岸上都是泥泞。所以说，如果他上了岸的话，势必会留下一些泥泞的脚印。但是，他湿漉漉的双脚却在铁桥的台阶上留下了脚印，哎，如果当时我不是正好路过的话，它们就都消失得无影无踪了，你和我也就什么都不知道了。"

"这么说，你的意思是说，他已经抛下那条独木舟，让它自己在水中漂流，自己则抄近道到公路上去了？"

"不是公路，先生，是铁路。如果他想往下走到小岛的尽头，他得游过拦河坝那段河道，然后他才能走到那条田间小路，就是直接从纤路通往火车站的那条小路。不过，请注意，他也可能立即回到拦河坝那里，就像另一位青年人所做的，从拦河坝桥上穿过去，从那里他就可以走上通往火车站那条最快的路，明白吗？当然，我并不是说，那样他就不容易被我看见。不过，你知道，先生，实际情况是，任何一个拥有一小片花园的人，他都不可能总是四下张望，再说，我也只有一双眼睛。"

"不过，搞笑的是，居然没有其他任何人见过他。要不然，到现在他们也该说了。"

"先生，你一定会很惊讶，这个地方有多荒凉，尤其在清晨的时候。当然，如果他走的是那条长一点的小路，也就是小岛尽头对面的那条路，我不敢肯定，不过应该会有人见他穿过三角帆农场。你知道的，他必须经过那里才能到火车站。可是，如果他是从拦河坝这里出发，走那条近道，那边四周都没人，一个人都没有。我刚想起来，就在他们来之前，有一位先生坐着方头平底船经过，因为我记得让他通过的。但是，你知道吗，在我还没把闸门关上，他就不见人影了。"

"安杰拉，我们得回去了。伯吉斯先生，我们不能再占用您更多时间了。我最好有机会再见见伯吉斯太太，感谢她煮的茶，可以吗？下午愉快，我期待我们很快可以再到这里来。"

可是，布莱顿并没有完成对附近的勘察工作。他们一到两条溪流交汇处，他就把小船划到右岸去了，让安杰拉慢慢地朝前划，而他自己则去三角帆农场打探个究竟。在那里，迎接他的是一条狂叫不止的大狗，幸好狗被拴在一只桶上。随后出来了一位嗓门尖锐、态度和蔼的老妇人，几乎不需要什么交际手段就可以和她搭上话。事实上，她一开口就问："你是来找那个烟袋的吗，先生？"

"噢，你看见了吗？"布莱顿立即回答，幸亏他很善于应付这种场合，反应迅速。

"是的，我们确实发现了。昨天，我家弗洛西去那片大田野里时看见了它。她说，哦，那到底是什么东西？不过，弗洛西是一个好姑娘，她没有打开，直接带回家交给了我。当然，我保存起来了，以防有人来找。先生，应该是你说的那个吧？"

她拿出来一个宽松的防水烟草袋，烟草袋被紧紧地卷起来，装在一个硬圆柱体里。布莱顿摸了一下烟袋，他立即明白里面装的东西比烟草更有趣，但是他觉得没有必要指出来。"我不太确定是在哪里丢掉的，"他说，"它是不是掉在了纤路上？"

"是的，先生，就是在纤路上找到的，就是在它离开泰晤士河靠近小岛的地方。我起初以为，可能是昨天清早路过这里的那位先生掉的，所以我当时对自己说：'哦，天呐，他再也不会回来取这东西了。'因为他路过的时候那么匆忙，谁都能看出来，他当时在赶火车。"

布莱顿开始后悔假装是烟袋的失主，因为这样的话，他对那个陌生人表示出太大的兴趣会显得不太体面。"我估计，昨天早晨，我自己也跟那个匆匆路过的人打了个照面。当时大约九点左右，他是一个黑头发的年轻人，没有戴帽子。我很高兴得知，他赶上了火车，因为他看起来好像要错过火车。"

"先生，应该就是那个人。"

布莱顿没敢再冒险做进一步的打探。他沿着那条小路匆匆返回，一边走，一边打开包裹，里面原来装着一卷相机胶卷——一卷已经用过的胶卷，卷起来的手法并不熟练。"情况可能更糟糕了，"他自言自语道，"情况可能更糟糕了。"说着，他把胶卷塞进一个里面的口袋。

"噢，今天的外出感觉怎么样？"他一边问，一边做了一个后空翻，跳进了独木舟。"你显然成了一个地地道道的水乡姑娘了。你的装扮欺骗了所有人。我想，等我们从这里回去，就会在伊顿桥那里听到，他们已经把尸体打捞上来了，至于尸体怎么到那里的，就跟我们无关了。"

"如果你下次再用刚才那姿势上船的话，我猜他们至少要打捞上来两具尸体了。哦，对了，对伯吉斯的说法你是怎么看的？我认为，他表现得非常出色。当然，我有可能被他的滔滔不绝给蒙骗了。不过，在我看来，他完全就是一个侦探啊。我在想，你和他是否可以交换一下工作？我可以打理花园，我觉得你可以继续往后坐一点，去做船闸管理员。我敢保证，难以形容公司会从伯吉斯先生身上找到一座金矿。"

"噢，伯吉斯当然是大错特错了。谁都看得出来，他是在胡编乱造。不，不要现在就问我为什么，等吃过晚饭之后再问。我想要尝试先自己把这件事搞清楚一点。我想知道，古郡旅馆有没有暗房之类的东西。"

阿基米德试验

　　古郡旅馆是那种只为那些假装享受生活的人而存在的机构。从外面看，它跟其他千千万万的旅馆没有任何区别：吱吱呀呀作响的招牌，门楣处挂着不起眼的营业执照，一进门迎接宾客的房门和走廊的角度，给人一种理想不会破灭的希望。可是，你一旦走进旅馆里面，就会发现不同。餐厅里没有安装薄纱窗，也没有竹制的壁炉栏；餐桌上没有摆放印有啤酒和矿泉水广告的烟灰缸和盐瓶，也没有巨大、笨拙、摆放着无用咖啡壶的餐具柜。餐桌是用氨熏橡木做的，桌上摆放的花瓶是用现代瓷器做的，色彩是大胆的橘黄色。餐具柜是伊丽莎白女王一世时代的真品，可除了三只锡制的大盘子摆在里面，它似乎也没有什么功用，显然是直接从某家古玩店里淘来的。玻璃柜里没有动物标本，没有十九世纪晚期那种充满明显传奇色彩和怀旧情绪的照片，壁炉台上没有奇特的贝壳，也没有马鬃制的沙发，没有陈旧的八音盒。墙壁被刷成漂亮的白色，但光秃秃的，没有任何装饰。几个长柄炭炉和一些铜版画就是他们所有的装饰。有几处壁炉，都没有栏杆围起来，炉中有抛光的铁架，闪闪发亮；花砖铺就的地板，地板上铺着蒲席，木制的煤斗上，镌刻着颇具古风的名言警句。总而言之，这家旅馆是最近才"修缮"的。

"这根本算不上什么旅馆，"布莱顿在吃晚饭时对妻子抱怨，"充其量就是一间古式的酒吧，它让我恼火。我想，他们是希望我们穿着正装来赴晚宴的吧。这里竟然没有一间商务房，只有一个他们称之为'壁炉旁的角落'的地方。我在什么地方都找不到一个飞镖盘，连个扶手套都找不到。他们所谓的大杯啤酒，竟然是摆在柜子里当样子的。"

"真遗憾，你没胃口。"安杰拉暗示道。

"胃口？在一家乡村酒吧，谁会有胃口？在自己的客厅里，你才能有胃口。不管怎样，乡村酒吧应该成长，应该有真正属于祖先的那种有摆的座钟，再摆上一架锈迹斑斑、完全不成调的钢琴，再摆上一些假花之类的。这里摆放的东西并不自然，难道你看不出来吗？"

"好啦，别再发表什么艺术评论了，我们来做一点脑力劳动吧。告诉我，为什么你认为伯吉斯所讲的关于那起神秘溺水事件的话都是胡编乱造的呢？”

“噢，那个呀？呃，首先，就像我今天早晨说的，船底那个洞起什么作用？如果那个人并没有真的溺水，但又希望我们认为他溺水身亡了，他为什么不假装船正好侧翻，他被淹死了呢？这种情况经常出现的。”

“令我惊讶的是，他们这次并没有这样做。不过，请继续说下去。”

“还有一种可能性——伯特尔的心脏虚弱。因为特里梅帮他检查过，而且西蒙兹也为他检查过，而且他们俩都知道在说什么，没有撒谎。可是，伯吉斯却想让我们相信，那个人是用自己的胳膊把自己从船上拉起来，然后爬到桥上去的，而且之后还有可能游过了河道。如果他做了这其中任何一件事，这对于心脏像伯特尔一样虚弱的人来说，无疑是自寻死路。而这又引出来另一个问题——他为什么要在那里下船呢，那个地方离船闸那么近？如果他当时可以再坚持划半英里左右，就可以穿过拦河坝河道的交汇处，然后就可以在那里着陆，在那里，根本不用穿过河道，就可以到火车站了。再者，伯吉斯发现了一只光脚的脚印。伯特尔他脱下自己的鞋袜，到底想干什么呢？他上岸之后肯定想要穿上鞋袜的。最后，如果他就是在船闸下面破坏了那只船，那么，当船里浸满了水之后，在大约一点半找到它的时候，它又是怎么继续往下游漂浮三英里的呢？”

"但是，你还得解释一下那些脚印是怎么回事。"

"噢，我不否认，他在桥下耍了一些花招。当然，假设伯吉斯先生说了实话，而且在我看来，他也不是一个想象力丰富的人。我此行的目的只是要确定人是否死亡，或者，如果可能的话，证明他并没有死亡。所以，我只关心德里克·伯特尔先生在搞什么名堂。不过，如果我是警察，如果我对警察在我们什么事都没做之前就努力寻找尸体而心怀一丝感激的话，我应该开始怀疑奈杰尔·伯特尔先生搞了什么名堂。"

"可是，他不在犯罪现场的证明确凿无疑啊。"

"问题是，太确凿了！它看起来非常像是不在犯罪现场的证明，你懂我的意思吗？他下了船，只留下二十分钟的时间去赶火车。他跟船闸管理员谈论具体的时间，这样，船闸管理员不仅可以证实他的身份，而且还能证实他离开的具体时间。然后，他在一两个小时之后又出现在这里，并且跟酒吧女招待谈话——我从她那儿打听到的。然后，他表现出对堂兄的担心——可是，他为什么担心呢？他为什么要出发去找他的堂兄，几乎期待找到他已溺水身亡呢？——而且，请注意，他去泰晤士河上找人，不是独自一个人，而是和一个独立的证人，这个人可以为他作证。我敢说，这都没问题。我只是觉得，奈杰尔·伯特尔先生的行为过于像是在制造不在犯罪现场的证明，反而显得不太真实。"

"如果一个人能拿到证明自己不在现场的充分证据,你总是怀疑他,对吗?"

"不,真该死,这里面确实存在作案动机,这一点显而易见。我相信,不管怎样,他都不是特别喜欢他的堂兄。而且,他也是剩余遗产的受赠人,如果他的堂兄被证实已经死亡,那他将继承那五万英镑的遗产。从另一方面来说,有必要尽快采取措施,因为九月份德里克就要满二十五岁了,这样一来,那笔钱就会全部进入那些犹太人债主的腰包。按照动机是第一选择的原则,奈杰尔·伯特尔先生就是最有嫌疑的人。而且他不在犯罪现场的证据是如此完美,证据确凿。不过,我说了,此事儿跟我毫不相干。"

"你的意思是,你认为奈杰尔·伯特尔溜进了小岛的树林里,然后伏击了他的堂兄,并且就在桥下将他杀害,然后把船凿沉——可为什么呢?也许,他当时以为船会沉到河底,这样就可以抹掉作案痕迹。然后,他又跑回车站,并且及时赶上火车。"

"如果这样的话,那个年轻人可能正在忍受着感冒的痛苦。如果一个人浑身湿透,坐在火车厢里半小时,那真是对最强壮身体的考验。你好像忘了,他还得游过拦河坝下面那条溪流。"

"可是,他可以脱下衣服来游泳。"

"然后像一个三流农牧神一样赶路吗？不，不要说男人们把衣服顶在头上游过河的话。我不否认，有人这样做过，但是我非常肯定，奈杰尔·伯特尔绝不会这样做。这是需要锻炼的一种技能。不，让我们来纠正一下你的观点，假设他是从桥上穿过拦河坝，沿着拦河坝这边的河岸向上游跑去，然后脱下衣服，游过河道，穿过树林，用这种方式，在他经过的时候，抓住他的堂兄，将他杀害。这才能解释为什么桥上的足迹是光着脚的脚印了。"

"但是，他没有足够的时间这么干。"

"没错。跑进树林并不会占用很多时间，而是谋杀。一场真正干净利落的谋杀，几乎很少能在短时间内完成。而且，什么东西促使他要爬到桥上去呢？桥两侧都是空旷的，这样他就不能把自己隐蔽起来。当然，如果后面能找到尸体，我们或许能对死因了解多一些，或许我们就能明白铁桥的意义了。目前，我不能明白。但是，时间！这一切发生的时间都非常接近。或许，杀了你丈夫或者凿沉这艘船，都有可能，可是，有没有可能有时间同时完成这两件事呢？"

"麦尔斯，我想，你一定觉得我非常愚蠢，不过我倒是有一个想法。"

"我知道你的想法。"

"我保证你不知道。"

"你告诉我吧。"

"那样，你就会说，你早知道我的想法是什么了。你先告诉我。"

"那样，你就会说，那是你的想法。"

"那么，我们把它写下来。"

"我们俩同时写。"麦尔斯在一个信封的背面潦草地写下一个句子，而安杰拉则写在一张小小的备忘录纸片上。然后，他们交换了各自写的东西。

"是的，"麦尔斯说，"你觉得，你最好不要有犯罪的念头。我对你是了如指掌，对吗？你知道吗，你的想法相当有创意。我敢说，我在半小时之前都没有想到这点，而你却想到了。但是，不应该——你明白其中的道理，对吗？"

安杰拉似乎有点受伤。"照你的意思，是谁把船从闸口推下去的呢？"

"不，船从闸口下去并不难。但是，那个距离——一阵风，而且也没有飓风，怎么能在十分钟之内把一条独木舟吹到一百码之外的地方去呢？这是说不通的。"

"我觉得不是。风吹走的！这似乎是一个非常聪明的想法。更何况，你刚才也是这么想的。既然如此，我想，你不会再发表其他什么高见了吧？我就知道，每当你想弄明白那些像斯芬克斯一样的谜团，你的脸就会像驴脸一样难看。"

"我怎么不知道，我会有那种表情。"

"噢，可是你真的有啊，亲爱的，而且还挺出名呢。就在今天下午，你去付茶水费的时候，伯吉斯先生还对我说呢，'为什么他看起来这么像斯芬克斯，站在石竹花丛中，你看像不像？'无论如何，你是不打算告诉我你的想法，对吗？"

"等我有了想法再告诉你。明天，你看，如果你感觉不错的话，去趟牛津，把那卷胶卷冲洗出来吧。如果你让他们动作快点，站在一旁亲眼看着他们冲洗，我猜，到下午，你就应该可以拿到一些还没处理好的照片。你觉得如何？在这期间，我将开展几个小试验。"

"什么试验？"

"噢，就是让自己溺水。"

"噢，你可别做得太成功了。或者，如果你真的成功了，一定要让自己能被人找到。不知道自己到底是不是一个寡妇，会是一件极其无聊的事。"

"那可说不准。或许，我会被冲到下游的造纸厂，然后从另一头出来，变成了一张对开纸了。把自己死亡的消息印在自己身上，那才令人讨厌呢，对吗？对了，睡觉前，我们一起玩一会儿比齐克牌怎么样？我真希望你让我带上一副真的纸牌，这样我早就可以开始玩单人纸牌游戏了。"

......

　　事实上，第二天，安杰拉神秘兮兮地返回时，还不到吃午饭的时间。根据他们很久以前做出的约定，他们用投掷钱币的方式来决定谁先向谁汇报情况，这次好运降临在布莱顿身上了。"好吧，"他说，"我度过了一个对男人来说很不寻常的上午。可以说，大部分时间都穿着泳装。"

　　"总比什么都不穿好啊，"安杰拉揶揄道，"你从头说起吧。"

　　"我坐着独木舟，沿河从这里到船闸去，因为他们就是在那里找到伯特尔的船——那只船正侧翻，躺在河岸上。当然，我希望那个负责看着那条船的人可以让我把它带走，然后坐在上面好好玩玩，但是这似乎超越了他的权限。不过，我通过打赌的方式，确实设法找到了我想要了解的东西——那就是，到底要花多长时间，让船底有那种大小洞的船装满水。"

　　"你是说，他让你把那条船沉入水里了？"

　　"不，我们是一起干的，用绳子绑住每条横板，然后让船沉下去，再用绳子把它拉上来。当然，我故意让自己赌输。但是，在这期间，我找出来那条船装满水需要的确切时长。而且，我还注意到，船里浸满一英寸水需要多长时间，等等。然后，我就离开了，去做了阿基米德试验。"

　　"阿基米德是谁？"

"你肯定没有忘记拉丁文语法中的阿基米德吧？他观察浴缸里的水是怎样往外溢的时候太过专注，以至于他甚至没有注意到自己的祖国已经沦陷了。我找到一个可以体面地脱下外衣的地方，穿上我大学时的泳衣，爬进了独木舟，往下游漂流，同时为了我宝贵的生命，不停地舀水。只不过，我是往船上舀水，不是把船里的水舀出去，你应该懂我的意思。"

"可是你怎么知道要舀多少水呢？"

"当然，只是一个大概的数。但是，只要知道了大约一英寸的水进入船里需要多长时间之后，就相当容易计算出整体时间了。我不知道，有没有告诉你，我读书的时候，他们认为我在数学方面非常有天分。"

"亲爱的，你还记得，当年我们坐在绍森德大街上，彼此求爱时，你在我耳边的喃喃私语吗？不过，你从这一切当中弄明白了什么吗？"

"呃，也许，在风向和水流速度都有利的情况下，一只以固定速度下沉的船能漂多远。它不会漂得太远。顺便提一句，漂一段距离之后，我会从船上掉下去，而这正是我意料中的事情，毕竟人不能保持完美的平衡。但是，我可以完好无损地游上岸，并且穿好衣服。然后，我把船划到这里，我们上了另一只船，再重复同样的试验，让我们的独木舟空着向下游漂流，它一边往下走的时候，我们一边往船里舀水。这告诉我，当一只船上没有重物的情况下，在浸满水之前，它到底可以漂多远。"

"我还是不太明白，你做的这一切到底有什么用？你不是要假装能够具体说出，伯特尔的船到底从船闸处划出去有多远，然后它漂流了多久吧？或者，在它被凿出洞之前，它到底漂出了多远？"

"不是，不过你可以得到一些相当重要的负面结果。当然，我也测试了，在没有风助力的情况下，一条浸满水的船往下游漂流的速度。所以，我可以说，那起事故或者不管它是什么，不可能发生在我们大致估算出来的地点上游——否则，这条船不可能有时间漂流到下游被找到的地点。譬如，它不可能在固定的时间内，在船底有一个洞的情况下，从船闸河道上的铁桥处一直往下游漂流，不管有没有人在上面。"

"事实上，无论铁桥处是否有其他事情发生，那条船都不可能是在那里被凿破的，对吗？我感觉，你是在为奈杰尔·伯特尔先生开脱呀。"

"我并不想证明任何东西。但是，我的试验似乎表明，他不可能插手了这件事。"

"那真是有点让人失望，因为你看，我的试验却充分表明奈杰尔·伯特尔先生插手了这件事。"

照相机不会说谎

安杰拉拿出六张照片，一张一张摆放在丈夫面前，坚持让他把每一张拿出来的照片仔细看清楚才拿出下一张，故意挑逗着丈夫的好奇心。

第一张照片上是一张告示牌，上面写着"教堂公告"；在这个标题下面出现了一张俗艳的电影海报，海报上的人物穿着暴露，表情惊悚而夸张。显然，这是幽默大师的手法。这两张图片被拍在了同一张胶卷上。

第二张照片上是一张特写，上面是一只特别令人痛苦的滴水兽，可能也张贴在同一个教堂走廊里。

第三张照片上是一群牛，正站在及膝的河水中，注视着相机，脸上带着那种注意到任何人类活动时所表现出来的忍耐和好奇的表情。

　　第四张照片也是在泰晤士河上拍摄的，照片里露出一小片岬角，岬角上面是一圈长满鲜花的花园，花园的中央站着一个体格健壮的园丁，他正弯着腰在侍弄花草。

　　第五张照片的拍摄角度很不规则，严重破坏了整体景观，相机的镜头对准一段石阶，每一级的石阶上都隐隐约约地印着一个脚印，不过只有向下走的那一半路因为焦距够准，所以脚印清晰可辨。很显然，相机本身被拿歪了，好像是一个非常不专业的人在操作它。布莱顿看到这张照片，响亮地吹了一声口哨。

　　第六张照片是泰晤士河上的风景，是从一座桥上拍摄的，照片底部一个看起来像是铁架子的东西充分证明了这点，但是十分模糊。照片中央，一只漂浮的小船，非常清晰，它看起来位置几乎与铁桥平行，几乎被河水推着它的侧舷往前走。河水轻轻地泛着涟漪，一只船桨横在船中央，河面没有清晰的倒影。一个人四脚朝天，直挺挺地躺在船板上，双膝放在小船前侧坐板下面，脑袋歪向一边，脑袋下面垫着横板和靠垫，此人的整个姿态表明，他完全进入了一种放松休息的状态。但是，此人脖颈弯曲的样子，以及他的左胳膊压在身体下面那种方式，都表明此人的姿态不是人自然入睡时的那种样子。一顶帽子遮住了他的大半张脸，但露出了胡须刮得很干净的下巴。小船后面的座位上没有人，另一只船桨随意地斜靠在船上。

"他死……死了吗？"安杰拉问道，一只手搭在丈夫的肩膀上。

"也许是死了，或者醉得不省人事，也有可能是吸毒了。不过，我想拍下这张照片的人是想让我们认为他死了。你看，不管怎么样说，他都不是一片好看的风景。从照片的表面来看，我必须说，它看起来像是有人已经——呃，已经结果了他，然后拍下一张他的照片。"

"那也太可怕了。看起来如此冷血，令人恶心。"

"当然，这张照片也未必就是凶手拍下的。也有可能是有人发现他死了——表面上看起来是死了——然后认为很重要，就按下快门拍下这张照片。不管怎样，拍下这张照片的人就是我们要找的人。他肯定可以给我们提供一些关于德里克·伯特尔通过船闸之后的线索。"

"你确定，这张照片就是从船闸河面那座桥上拍摄的吗？噢，是的，当然，前面那张脚印的照片已经表明了这点。"

"即使没有那张照片，也几乎没什么疑问了。你可能没有仔细看第四张照片，否则你应该会认出一位老朋友。"

"哦，那是不是伯吉斯先生？"

"毫无疑问，那就是船闸和小岛。不可能有两个船闸布置得一模一样。现在，你来说说看，这些照片让奈杰尔·伯特尔成为嫌疑对象的理由，让我听听，你是怎么得出这个结论的。"

"真该死，这些照片证明，他简直就是一个十足的畜生。但是，你说他有不在现场的证据。我们假设，他不在犯罪现场的证据全都错了，假设他根本没有真的乘火车去牛津，而是乘坐快速摩托车去的——如果他确实去了牛津的话。不，那说不通，他不可能那么快就找到一辆摩托车。那我们就说，权且假设，他根本就没有到牛津去。这样，他就有足够的时间去干这一切。他等到伯吉斯先生转过身去，这似乎并不是一件很难做到的事情，然后偷偷摸摸地沿着小岛往下游去，穿过灌木丛，潜伏在那里等船过来。我们假设，他的堂兄正受毒品的影响，那似乎也足够合理。第一步，他把相机放在桥上，然后往下走一点，脱下衣服，把它们放好。第二步，他再朝桥上走去，当船漂过来，他就向船游过去，而且——我猜测，那时候他做了一件可怕的事情，用帽子上的别针或者什么东西刺死了他的堂兄。第三步，他在船漂到之前，再游回到桥下，第四步，爬上桥，在那里拍下这张照片。第五步，他浑身湿透，跑下楼梯，再游向小船，把船拉上岸，穿好衣服。之后，他又坐在船尾上，假装什么事也没发生，然后把船再往下游划一段距离。他在尸体上绑一个重物，并在船底凿一个洞，下了船。第六步，从公路上离开，或许是去了惠桑普顿车站。这个推理好像不是特别说得通。"

"你的想象力真丰富！不过，你没明白，有一点你肯定错了。他拍船上那具尸体的照片之前拍摄了那张有脚印的照片。因此，那些脚印是在他爬上桥之前留下来的，而不是下桥之后留下的。"

"讨厌，我忘了那一茬。可是，你又是怎么确定那些脚印是朝下的，而不是往上走的？"

"他是倒退着上楼梯的。如果你仔细看照片，会发现这点。那些足迹是脚跟部分的痕迹。你不会用脚跟上楼梯，通常会用脚尖和脚掌部分。这些足迹表明他是倒退着向上走的。"

"可是，为什么要倒着走呢？"

"可能只是想混淆视听吧。虽然这种可能性极小，但更可能是因为他的脚趾印会泄露自己的秘密。譬如，如果他有一个锤状趾，那在脚印上就会非常清晰地表露出来。我敢说，维克斯坦先生能为我们提供一幅奈杰尔·伯特尔先生的足部图。可是，人们的足跟都极为相似，你不可能用贝蒂龙人身测定法去鉴别它们。"

"确实，我觉得没错。"

"不过，还有一件事。奈杰尔，如果是奈杰尔的话，爬上那座桥时并没有下水。"

"我不明白你是怎么得出这个结论的。"

"呃，如果一个人进入水中，上来时身上会滴水的。一些水滴肯定会滴在台阶上，那么这些水滴肯定会出现在照片上。但是照片上除了脚印之外，没有其他痕迹，显然，这个脚印是由某个什么也没穿——或者至少脚上什么都没穿的人留下来的，而这个人并没有下到河里去。"

"那为什么他的脚是湿的呢？"

"因为他一直在草地里行走，前一晚上下了雨，所以草是湿的。我想，那天晚上一直在下雨。"

"为什么呢？"

"因为如果你仔细看第四张照片，你会看到一个水坑。"

"噢，天哪，太棒了！"

"所以，我猜测奈杰尔，如果是奈杰尔的话，确实把他的衣服放在桥下面了。他从湿漉漉的草地里穿过，知道他打湿了的双脚会留下脚印，然后可能会被路过的人注意到，因此，他就倒着走上了台阶。"

"但是，我还是不明白，他为什么要拍这些脚印呢？"

"我没有理由认为，他是真的想拍这些脚印。我们知道的只是他确实拍了。我不知道，你是否经常倒着走上楼梯，但是如果你有这个习惯的话，可能会意识到，倒着走上楼梯很容易让你的步子不稳。所以，如果你当时手里拿着一台相机，几个轻微的摇晃也十分有可能让你不小心按下快门。之后，当你意识到自己已经按下快门，或者担心已经按下快门，于是，你就在第五张照片后，接着拍了第六张。在我看来，第五张照片似乎不是刻意拍摄的。你看，角度整体都是斜的。"

"我明白了。于是，他先拍下这个人，然后杀了他。"

"我不知道，他到底有没有用你所指的方式谋杀他的堂兄。我认为，他拍了这张照片之后，自己躺在桥下，把相机放在船上，然后轻轻地把船拉到岸上，他放衣服的地方。之后，他穿戴整齐，坐到船尾，继续划船。我认为，他不是在船上凿了一个洞，让他堂兄在船上被水溺死。我觉得，他是先把那人给溺死了，我猜，可能在他身上绑个重物，或者把他放在河岸下面的某个地方，然后再在船上凿了一个洞。如果你仔细观察的话，会发现船上那个洞是由外往里凿的，而不是由里往外挖的。船上这个洞，外面大，里面相当小，还不到一个三便士硬币大。他肯定是把船头拉出水面后再凿洞，船上空的时候，操作起来要容易得多。再说，我相信，他不想冒任何风险让德里克获救。所以，他一边在船上凿洞，一边留意着德里克是否已经溺亡。"

"这么说，你真认为是奈杰尔·伯特尔干的？"

"我这么认为，也不这么认为。据我们所知，他拥有完美的不在犯罪现场的证据。可是，按照遗嘱的规定，他将是整个案件的受益者，因为那笔钱最后要落到他的手里。我之所以认为是奈杰尔，是因为他很贫困，需要这笔钱；我不认为是他，那是因为他当时根本不在现场。我不知道该如何对此做出解释。三角帆农场的那位老妇人告诉我，那天早上一个年轻人非常匆忙地路过农场，想去赶火车。我猜测，那肯定是九点十四分的火车。因此，我想，那个赶路的人肯定就是奈杰尔。如果他真是从拦河坝桥那里过去的，那他去农场干什么呢？另一方面，他究竟如何能有那么多时间去做我们想让他做的那些事情呢？所有这一切都令人疑惑不解，我想，我得去跟奈杰尔见上一面。"

"我记得你说过，那是不可能的。"

"现在不是了，因为我找到了一个借口。我打算把他这卷胶卷送回去，就说，这是我在河边的草地上发现的。"

"然后，请他解释第五张和第六张照片是怎么回事？麦尔斯，亲爱的，那可比你以往的行事风格要直接得多呀。"

"噢，不。我会把整卷胶卷都给他，但是第五张和第六张的底片不知怎么会变得不太清楚。总会发生这种事情的。"

"可是，它们没有不清楚呀。"

"不要紧，男人的事情就交给男人来办吧。或者，不管怎样，交给女人也可以。你相机用的胶卷尺寸跟那些胶卷一样，对吗？那就太好了，我们俩开车到莱奇莱德去一趟，或者有可能的话，去克里科雷德一趟。"

莱奇莱德镇上那个门廊显然就是他们想要找的门廊，只是他们需要多花一些工夫去找一张跟照片上一模一样的电影海报，不过很幸运，那张海报还在那里，丝毫没有改变。

"我们不必担心必须仿照得很仔细，"布莱顿说，"我们很容易让他相信，是他自己出了错。"整个探险之旅只占用了大约四十分钟。不到一小时，他们又回到了泰晤士河边，寻找一处牛群站在浅水滩里的风景，在这样一个炎热的下午，类似的风景并不少见。为了装样子，他们把船划到离船闸较远的地方，然后又折回来喝茶。期望伯吉斯先生会再次摆出跟照片上一模一样的姿势，几乎是不可能的，此处有必要让布莱顿替代一下。新胶卷上的第五张和第六张照片随着相机镜头在空中仰摄而被曝光，就这样，这卷伪造的胶卷制作完成了。安杰拉在莱奇莱德买了一些摄影装备，于是当天晚上，这卷胶卷就被成功地冲洗出来了。

"所有照片都洗出来了，太棒了！"她从临时搭建的暗房里走出来，一边擦手，一边宣布，"不过，还有一件事。假设不是奈杰尔拍的那些照片，而你认为是他拍的，他会不会有点惊讶？如果确实是他拍的，那么，向他透露你发现这胶卷的位置，会不会引起他的警觉呢？"

"我认为，我们没必要过于担心那些。你看，我会跟他解释，是碰巧发现这些胶卷的，为了了解这些照片属于什么人，所以不得不把照片冲洗出来。奈杰尔可能会否认这些照片属于他，但是他必须承认，我猜测这些照片是他的，也是合情合理的，因为大家都知道，他和德里克在船上一直到莱奇莱德。当然，我在跟他解释在哪里发现这个相机胶卷时，我会简要地跟他说几个事实的。我就说，我发现它们掉在船闸附近某个地方的树篱里，那样，他就不知道，到底它们是在哪条路上被捡到的。而且，如果我可以装出足够傻的样子，他就不会怀疑我在质疑什么。不过，我觉得，我总得从他嘴里套出点什么来吧。今天做阿基米德试验，明天我就扮演马基雅维利。"

公共餐厅里的晚餐

第二天下午，照片全部干了，一切准备就绪，等待接受检查。但是，为了更有把握找到他想要找的人，布莱顿把去牛津的行程推迟到下午茶之后。他因自己的延迟尝到了苦头，道路堵塞，汽车排成了长队，将他滞留在交叉路，正当他的车子一点点缓慢往前挪动时，罗伯特叔叔在人行道上欢快地跟他打了一个招呼。每户人家在牛津都有个叔叔或者阿姨什么的亲戚，大部分家庭到牛津游玩时，都会因为自己偷偷摸摸的到来而有负罪感，因为他们并没有通知这些亲戚自己要来。罗伯特叔叔问："究竟是什么风把你给吹到这里来了？"这句问候明显不太合适，布莱顿不想把此行的目的广而告之。最后，他只得答应当晚和罗伯特叔叔在索尔兹伯里公共餐厅一起吃晚饭，才给自己解了围。随后，他给安杰拉发了一封提醒电报。

奈杰尔租住的住所一片混乱，就像房间刚被拆掉同时又在重新整修时的模样。牛津所有寄宿房东都抱有一种错觉，认为可以把他们"配备家具"的房间租给大学生。于是，一届又一届的大学生住进来，然后巧妙地把那些不受欢迎的装饰都挤出去。不必说，奈杰尔自然也把房东太太希望他留下的所有东西都彻底清理掉了。此刻，奈杰尔那些心爱的怪物都从房间墙上卸下来了，他的法语小说乱七八糟地堆放在房间地板上，紫红色的窗帘被叠起来了，再也不能透过窗户向外"张望"了。与此同时，新一波的装饰浪潮已经开始涌入：《灵魂的觉醒》以及《幽谷之王》已经做好准备，重新登上它们古老的"宝座"，蜘蛛抱蛋准备在那片"荒野"中重新绽放。这位即将离去的房客带着一丝马略的神情端坐在迦太基的废墟之上。布莱顿立即为自己不合时宜的打扰向奈杰尔道歉。

"没关系，"奈杰尔回答说，"没有了打扰，生活就会索然无味了。来点苦艾酒，怎么样？"

"不用了，真的，谢谢！真是太感谢了。我只是为了一卷胶卷顺便过来看看的，前天我在泰晤士河附近发现这卷胶卷。当然，我不知道这是谁的，所以我就把它们冲洗出来了。很容易看出来，那些照片是由某个刚刚去过泰晤士河的人拍摄的。当然……从新闻报纸上……大家都知道你去过那里，所以我就想，胶卷可能是你掉的。正好我有事要来一趟牛津城，于是就想顺道过来碰碰运气。"

明显看得出来，对方的态度中有一丝犹豫，但丝毫没有害怕，甚至连一丝尴尬都看不出来。"您真是太好了！把相机胶卷弄丢了真是一件麻烦事，对吗？从某种程度上来说，它们就像是一个人的孩子一样，或者说得确切一点，当然，它们其实是太阳神阿波罗的孩子，所以是不可更改的。它们记录生活的瞬间，而瞬间永远无法改变。"

布莱顿抑制住自己想要尖叫的强烈冲动。他不想匆匆结束这次会面，如果可能的话，他必须好好打量一下这个年轻人，可是光线不好，很难看清楚他的面容。"我想，私自把照片冲洗出来，确实有点失礼了，"布莱顿说，"不过，我当时没有别的选择。恐怕最后两张冲洗得不是很清晰。"

对方仍然犹豫了片刻，但是很难判断，他到底是在猜想布莱顿已经掌握了多少情况，还只是在努力让自己镇定下来，寻找一些新的警言妙语。"我不记得都拍了些什么东西了，"他终于开口了，"它们是否给你传递了——某种意义的幻影？"

"啊，没错。阿波罗再一次成为杀婴犯。这位光明之神，却盲目打击。我真希望那张牛群的照片冲洗清晰，对吗？我原本打算把那张照片放大，送给我的房东太太，如果可能的话，在照片下面引用一句沃兹沃斯的诗。"

这时候，布莱顿从口袋里摸出一个小包裹，把它打开。"没错，没错，"奈杰尔继续说道，"莱奇莱德的教堂！你知道吗，绝对奇幻。那是可怜的德里克的主意——他喜欢那种伪造过的照片。还有那只滴水兽——我拍下它，因为它正是我们学监形象的准确写照。我只是希望那要是一个下雨天就好了。那牛群的照片，我刚才说了，是给房东太太的，它们符合我崇尚简朴的风格。但是，那张船闸的照片——那是我最满意的杰作！那位船闸管理员真是在看守他的船闸，真正在捍卫它。他仿佛在说：'你们要是想从此经过，就只能从我背上跳过去。'这张照片也是一个纪念，因为正是在那个船闸处，我不得不离开我堂兄。你有没有注意到，被迫遗憾地谈论一个你并不是特别喜欢的人，是一件多么令人厌烦的事情？"

"你看，最后两张照片非常模糊，"布莱顿说，拒绝被对方带偏，把话题又拉回来了，"在我看来，你的相机快门好像有点问题。我在想，你要不要让我帮你看看？我对相机略懂一二。"

在整个交谈过程中，奈杰尔似乎第一次真正放松了戒备。"什么？……相机？……噢，呃，我已经把它打包了。事实上，我觉得，可能已经寄走了。你真的太好了——不过，当然，在某种程度上，你称得上是我这些照片孩子的养父。你务必留下你带来的这些照片，我可以再去冲印一些。我希望你可以喝一些苦艾酒。顺便问一下，"他突然继续说道，"你到底是在哪里找到这卷胶卷的？你刚才说，是在树篱里面？"

"你倒是提醒我了，我得向你道歉，刚才忘了跟你说了，我发现这卷胶卷包裹在一个防水的烟叶袋里，我估计，那也是你的，东西在这里。没错，当时，我正要和妻子汇合去泰晤士河上游览，你看，她先出发了——打算在西浦科特船闸那里去接我。所以，我就去了西浦科特火车站，然后从田间小路走到拦河坝那里。你可能还记得，那里有一个两条岔路的交叉点，一条通往拦河坝，另一条通往农场。就是在两条路的交叉口，我看见了这东西，躺在草地里，一半被草盖住了。当然，我之前在报纸上看到，你跟堂兄分开之后，去西浦科特车站乘火车。所以，很自然，我当时就觉得这些胶卷可能是你的。"

"就是那里了，肯定是。我当时有点着急，你知道的，最后我走去了火车站。等我赶到时，火车还在车站，但人们总是认为，像那样的火车肯定马上就要开走——哎，我不知道，因为它与我对其他乡村火车的印象完全相反。不管怎么说，我当时是跑着去的，估计那时候胶卷就从口袋里掉出来了。想着它们躺在矮树篱里，伸着无助的双手，向一位勉强为之的父亲求助，真是可怜。而且，它们极有可能永远见不了天日，想到这里，我深感悲痛！"

"一些物品消失或者找到的方式都很有意思。你和堂兄失去联系，到现在已经快两天多了吧？他到底是生是死，还没有听到一点消息。我希望，你可以原谅一个陌生人的无礼，但是我真的非常想知道，对于已经发生的事情，你自己是否有什么猜测？你或许不知道，人们总是听到这件事被议论，如果说，我见过你，却根本不知道你对这件事是怎么想的，那似乎看起来很傻。"

"噢，我个人认为，他自杀了。没有其他什么可能性，你看，他是一个无可救药、身体彻底垮了的人，而且没有毒品，他就活不下去。"

"可是，船底上的那个洞……"

"啊哈，说到这里，恐怕你要窥探到我们的家族历史了。我认为，他不想让人知道他是自杀的，因为如果他死了，就会有一笔遗产落到我的名下。德里克这个人没有什么想象力，但是，他讨厌我，那种讨厌几乎是带有艺术性的。他希望所有人都认为，他只是消失了。而且，还用他那种含糊不清、愚蠢至极的方式认为，那条船也最好消失不见。所以，他在船底挖了一个洞，希望它会沉到河底。"

"那真是一个很有意思的想法，很有意思。不过，我真不应该再占用你打包行李的时间了。我猜，你明天要离开了？"

"除非他们能找到什么东西，并且开始调查。你知道的，这是我最后一个学期了。不幸的牛津！"

"你可以把刚才装照片的信封还给我吗？我没有其他东西可以装这些照片了。你真的是太好了，让我能够保存它们，作为一次偶遇的纪念。不，请留步，不用下来送了。我可以找到出去的路，没关系。再见。"

布莱顿出来，关上门，又加了一句："如果上天再制造出另一只像你这样可怕的小虫子，我就要开始怀疑是否真的有天意。"然而，他已经知道奈杰尔外表长什么样了，而且如果他想要的话，还有了奈杰尔大拇指的指纹，所以说，这个下午的活儿没白干。尽管他对罗伯特叔叔满腹牢骚，但那个夜晚也注定不会是完全平淡无奇的。

想到他将第一次在公共餐厅吃饭，这个最勇敢者的人内心产生了一丝怯意。确实，在公共餐厅吃饭并没有在高台餐桌上与达官显要们进餐那种恐怖，也不必忍受大学生们那种自以为是的仔细打量。但是，在公共餐厅，大家都挤在那样一个狭小的空间里，学术氛围会更加浓厚。你旁边坐的那个人是谁，他还没有向你介绍自己？他是像你一样，只是一个过客，还是一位院士呢？如果是后者，他或许又是欧洲某个学科领域内的权威人物，要是你能弄清楚那个学科是什么，该多好！偶尔有人上前来跟你打招呼，你却态度冷淡，他们是想要表达对你的欢迎吗？如果是这样的话，那么，是否可以从他们跟你说话的频次和热情程度判断你的东道主在当地受欢迎的程度？罗伯特叔叔是公共餐厅里一个跑龙套的小角色，而且在那里并不讨人喜欢。他的客人通常都是跟他一路货色的人，每次和他们对视，都不知道该聊什么。布莱顿感觉——借用一句时髦的话——自己就像一只被猫逮住的耗子。

起初，他们的话题围绕着赛狗进行，这群人对这个话题表现得非常弱智，因为他们对此毫无经验。他们得花很大的力气，才能说服一位年龄很大的老先生，让他相信在赛狗中，野兔是电动的，但猎狗不是，可他却认为是相反的——这一点可是众人皆知的事实。阴暗的灯泡投射出庄严的光线，已故院士们的画像从他们的相框里投下感到可笑的目光，仿佛以牺牲继承者为代价享受着一个笑话。牛津大学的校工们在肘边窃窃私语，那语调暗示，他们尽管努力尝试提高工作效率，但并不是为了屈从权威。精致的银餐具，从千百种可笑的角度映射出你邻座的脸庞。红酒挽救了整个局面，公共餐厅里的红酒不错。

"你有没有觉得？"坐在正对面的一位老先生说道，他的声音洪亮、音调抑扬顿挫，听起来像是在指挥交通时的声音："费尔默，你有没有觉得，猎狗在追逐猎物时狂吠是一件很奇怪的事情？这就非常像是大自然故意在提醒它们的敌人一样。你知道吗？从进化论的角度来说，这是不成立的。在达尔文看来，叫声越小的狗捕到的兔子越多，所以狗的叫声应该消失，你难道不明白吗？前几天，有一个国会的人看到一篇非常有趣的文章，你知道是什么吗？他说，他觉得狗的叫声是故意要盖过兔子的尖叫声，这样，其他兔子对正在发生的灾难就毫不知情了。多么奇怪的观点。"

"他是一个科学家吗？"布莱顿低声问道。

"不是，古历史学家，"他叔叔回答，"名叫卡米克尔，满脑子的奇思怪想，一个话痨。"

接着，布莱顿听见邻座对面的那个人在回答某个问题："是的，梅格斯学院的学生，两个都是。年纪小的那个刚毕业。总算是解脱了。"

布莱顿拥有一种我们所有人都可能有的本能，他觉得，这个人说的内容会让他感兴趣。他偷偷地看了一眼邻座，突然觉得好像在哪里见过这个人似的。只有在莱切莱德那个滴水兽那里好像见过他的脸庞，但是完全没错。那么，此人肯定就是学监西蒙·梅格斯了，而他的话题显然就是伯特尔堂兄弟。

"我猜，是自杀？"从他身边远远地传来一个声音。

"我觉得不是。伯特尔天生没有足够的条理性，用那种方式来结果自己。所以，我觉得肯定是一场意外，不过，当然也存在许多的可能性。例如，失忆。听说他吸毒，所以我觉得那可能会导致他失忆。说不定，他现在就在某个地方呢。不过，我觉得学院没有必要雇佣侦探去找他。"

"说到侦探，"坐在桌子另一侧的卡米克尔先生突然插话说，"我自己曾经有一个很奇怪的经验，跟一起谋杀案有关。"由于这个故事他已经讲过很多次了，而且这次比他以前讲得还长，我就不在此赘述了。"这恰恰表明，"他最后总结说，"一个人的判断是多么容易出现偏差。如果不是有那次教训，我还真会说解决伯特尔的事情一点也不存在困难，根本没有困难。"

"哦，太好了，卡米克尔。"一位年轻的院士轻轻笑着说，"这方面你最擅长了，快点跟我们说说。"

"我刚说错了。我应该说，很容易明白为什么泰晤士河的救援队找不到尸体，无论那个年轻人是怎么死的，意外事故也好，谋杀也罢，自杀或者失踪，我完全不知道。但是，相当容易明白，为什么尸体找不到呢？因为他们找错地方了。"

"哦，那你说说看，他们应该去哪里找呢？"

"应该去船闸的上游找，而不是它的下游。如果尸体在下游的河道里，到现在他们早就应该找到了。但是，如果那个年轻人曾经在船闸和伊顿桥之间的地带晃荡的话，肯定有人见过他。所以，照我说呀，他的消失，不管什么原因，肯定是在船闸上游，不是在下游。"

布莱顿不知不觉地突然插话说："可是，船经过闸口的时候，伯特尔堂兄当时就在船上。船闸管理员见过他。"

"我见过那个船闸管理员。我对这种事情很好奇，你知道的。我问过船闸管理员：'你敢在法庭上发誓，在船上的那个年轻人动过吗？'

结果，他当然不敢。他所看到的只不过是一个人体，一顶帽子把整张脸都遮住了。那么，这就对了，船上那个人体就是一个仿造物。想一想，船底的那个洞表明，那只小船本应该下沉，或者至少会失去平衡，让船上的重物掉下去。为什么呢？如果船上是一具死尸，为什么不把它拖上岸？当然除非是因为船上的尸体是假的，不过我觉得这个想法有点太离谱了，所以打消了。但是，那张脸和双手毫无疑问是用肥皂做的。衣服是用什么做的，我就不知道了。不过，那肯定是一具人体模型。否则，让它沉下去的动机就不成立了。"

布莱顿找了一个借口说自己的车灯不够亮，早点从公共餐厅里脱身出来。"不，"他在方向盘前坐定后自言自语道，"卡米克尔先生还需要了解关于生活中的更多可能性。不过，我喜欢他的负面批判法。确实，他们为什么要让船沉没呢？"

奈杰尔离开牛津

安杰拉下楼吃早饭，发现丈夫正埋头在看一张地图，还不时在地图上把泰晤士河沿岸的旅馆或是村庄用铅笔画出来，用一个半便士的硬币测量它们之间的距离。"这真是一个不错的游戏，"她说，"不过早晨就玩，有点太早了！"

"什么游戏？"

"我刚以为你在玩推硬币游戏呢。不过，你到底在干什么呢？"

"一个半便士的硬币直径正好是一英寸，这对你来说，可能是个新闻吧。"

"谢谢你！可别告诉我，在半个皇冠上你需要用多少个便士，否则我真要尖叫了。没错，我知道你在测量距离，女性的某种直觉告诉我的。不过，你到底在测量什么呢，能不能详细跟我说说？"

"我想，我们今天要骑摩托车出去，试试河两岸的一些地方，看看伯特尔两堂兄弟在旅途中曾经停留的地方，说不定，我们可以打听到一些关于他们的回忆——譬如说，在他们的旅途中，是否曾经有第三个人跟他们一起。你知道吗，我现在开始特别需要第三个人出现。"

"你打算在所有这些酒馆里喝啤酒吗？看起来，好像是要我开车回家了。"

"苍天呀，你救救这个女人吧，她说的好像你可以在一天中随心所欲地走进一家酒吧喝啤酒。不，我们得好好想想，拜访这些地方以及提问的一些理由。什么理由好呢？"

"你就乔装成卡米克尔吧，就说你想看看浴室里有没有丢肥皂？"

"别开玩笑了。你平时最擅长捏造这样的谎言了。"

"别拍我马屁啦，别让你的地图一角蘸着果酱！当然，你可以随身带上一套廉价的地铁指南或者类似的东西，假装你在推广这些东西，然后让他们在旅馆的商务房里放上一本。但是，用这个办法你也许不能从他们口中得到有用的消息。不过，麦尔斯，亲爱的，我觉得你也应该说一点点实话。我觉得，我们必须假装伯特尔兄弟忘了什么东西在那里——比如说，照相机什么的。我们知道，他们当时随身带了一台相机。从礼仪方面来说，他们应该会让我们到卧室，或者咖啡厅，或者他们吃午餐的地方去找。你就假装是奈杰尔·伯特尔的朋友，恰巧骑摩托车到乡村的这个地方。你不是特别确定，他们到底在哪个旅馆停留过，因为奈杰尔·伯特尔自己已经记不清这些旅馆的名字了。这样的借口行得通吗？当然，如果时间允许的话，你也可以在那里喝点酒。"

最后，他们按照这个计划采取行动。把他们调查的内容详细记录下来，肯定单调乏味，在此不多着笔墨。布莱顿和安杰拉出发前就这堂兄弟俩可能经过的各段行程都做了一番讨论，最后的推理还算准确，他们从合理性的角度来看，认为在德里克失踪的那天早上，他们肯定是从船闸上游——也就是在米灵顿桥附近的那个距离最近的旅馆出发的。他们所到的每一个地方留下的印象都极其普通，就是一段快乐的旅程，他们的行为中没有什么值得记录的非凡事迹。唯一例外的就是米灵顿桥本身，他们在泰晤士河上游览了一整天,到这里已经有点晚了,大约晚上十点钟，而且也没有吃晚饭。

"他们当时很晚才到，而且您刚才提到的相机让我想起来，因为先进来的一位先生走过来问我是不是有两间客房，我说是的，但是你太晚了。你知道的，通常，这么晚了，我们是不再接待来客的。另一个人在哪里呢？噢，他说，他把相机忘在船上了，所以他回船上去拿了，以免晚上下雨把相机淋湿了。而且，那天晚上确实也下雨了，是这一带常见的暴雨。他说，我现在上楼去我的房间，我快累死了，另一个人大约十分钟到。实际上，不到十分钟，大约不到五分钟，我就听到第二个人敲门，一开门，看见一个拿着相机的人站在门外。哦，我说，你就是另外一个人吧，你在三号房间。所以，丽兹就带他到楼上去了。如果他的相机忘在这里的话，应该就是在那个房间里了。让我看看，是那位在床上吃早餐的先生。我当时确实是把早餐放在托盘里，然后放在地毯上。住在二号房间的那位先生下楼来吃了早饭，而且也是他结了账。我亲眼看见他离开的，但是至于他是不是拿了相机，我确实说不上来。另一位先生可能已经早就走了，因为我自己一直没见到他离开，所以当然也有可能他带着相机走了。他们离开后，是我亲手打扫的这两间客房，所以不可能忽略了什么东西，对不对？"

布莱顿留神听店员的叙述中任何可能存在的暗示，后来他推断，听起来像是这两兄弟可能已经吵过架，因为他们既不是同时抵达旅馆，也没有一同离开。但是，安杰拉认为，从早晨的这些询问中还推导不出什么有用的结论，布莱顿赞同她的观点。"一切看起来都很好，"布莱顿说，"但是我们必须采取行动。如果这家伙还活着，他一直在悄悄向我们示威，或许上天知道他此刻在哪里。另外，有一家报纸一直倡议读者，所有人都应该到泰晤士河去度假，顺便帮忙搜救工作，估计到明天，这里就会到处都是游客了。"

那天晚上六点左右，布莱顿和安杰拉正坐在河边的草坪上休息，有一个来访者要找布莱顿。还没等他从椅子上站起身来，来访者已经跟着服务员进来了。

"雷兰德！"布莱顿叫道，"这么说，警察现在开始认真对待这件事了？"

"是的，按照常理来说，太晚了。你好，布莱顿太太！而且，像往常一样，县警察局自己把事情搞得一团糟，才打电话向苏格兰场请求支援。给他四小时的时间，让他逃跑，然后打电话给苏格兰场。他们就是这样做事的。"

"让什么人逃跑了？"

"哦，就是这个伯特尔。"

"哪个伯特尔？奈杰尔吗？"

"就是这个。"

"奈杰尔·伯特尔？可我昨天还见过他呢。"

"如果你是今天见过他，我会觉得更有趣。昨天，他说过要离开牛津吗？"

"他说可能会离开。不过，这也正常，他一直在收拾行李。我猜，他应该留下了家庭地址，好让你们联系上他？"

"帕丁顿的失物招领处，那就是他留下的唯一地址。至少，我们知道，那里是他那些大行李箱寄送的地方。可是，他现在人在哪里，天知道！现在，他可能在韦茅斯，或者巴斯、布里斯托尔、新港、卡迪夫，或者斯旺西。总之，他消失了。"

　　"他也消失了，天呐！"布莱顿说。

　　"这种事情确实经常发生在一些家族中，"安杰拉宽慰道，"例如，在我们家，每当我们不想看见罗伯特叔叔的时候，就会频频出现在他面前。雷兰德先生，你为什么那么确定，那个年轻人还待在英国呢？"

　　"如果他想乘坐邮船前往罗斯莱尔，我们可以阻止他。但是，我猜他并没有往那里去。南威尔士是一个玩失踪的好去处，那里的小城镇错综复杂，所有的火车都拥挤不堪，而且当地的警察把所有时间都用来寻找劳工们的麻烦，根本无暇顾及其他。不管怎么说，现在太迟了，什么也做不了，只能去寻找他的下落了。"

　　"你好像没费什么周折就找到我们了呢，"安杰拉说道，"谁告诉你我们在这里的呢？我还以为，我们彻底隐姓埋名了呢。当然，除非罗伯特叔叔泄露了我们的行踪。"

　　"哦，你看，我之前就已经着手研究这个案子了。我知道，这个案子终究还是要落到我们手里的。在调查伯特尔家族的档案时，没多久我就注意到这家难以形容保险公司。所以，我知道，布莱顿肯定会接手这个案子，而且会比我早上两三天。你们这些幸运的业余侦探总能这么干。所以，我觉得，我应该直接来这里找你们，看看是不是能给他的老'战友'透露一点信息。"

"事实上，"布莱顿说，"我得到的任何信息你都可以拿去。我猜，对于这个案子，我掌握的情况不比任何人多，但不幸的是，我懂得太多了。据我所知，这个案子实际上要比它表面看起来复杂得多。你想找到奈杰尔·伯特尔的下落。呃，我可以告诉你的是，在我看来，奈杰尔·伯特尔与他堂兄的失踪毫无干系。他当时并不在现场，他其实根本没那么重要。"

"你是怎么推断出来的？"

"呃，在那只船被凿破之前，有人划着它，或者拖着它，或者用什么别的方法，把它弄到下游一英里以外的地方。如果不是人为的，就凭船本身，它绝对到不了那么远，即使假设它是直接往下漂的，但是大多数独木舟都不可能直接往下漂，它们总是会被河水冲到岸边，然后又被推回来。让那只独木舟到下游那么远的地方，至少需要十五分钟。而独木舟离开船闸后的十五分钟里，奈杰尔·伯特尔已经到了西浦科特火车站，或者已经快到火车站了。因此，不可能是奈杰尔把船弄到河下游去的。如果不是奈杰尔，那么，要么是他的堂兄——如果这样奈杰尔就不是谋杀凶手；要么，这里存在某个第三者。如果这样，从某种程度上来说，那个第三者——不是奈杰尔——应该为德里克·伯特尔的失踪负责。你明白我的意思吗？"

"我知道你的意思。但是，那取决于他不在场的证据是否确凿。你有没有查清楚，那趟火车是否准时抵达了？而奈杰尔·伯特尔是否真的赶上那趟火车了？你知道吗，在火车这件事上，他可是有点滑头的。今天，他就是这么溜走的。"

"没错，顺便问一下，到底是怎么回事呢？"

"哎呀，当然，县警察局还是有充分的意识，一直密切监视着他。他去火车站时，有一个警察跟着他。他买了一张去伦敦的车票，在他的行李箱上贴上帕灵顿，手里只提了一只手包，上了十二点五十二分那趟快车的一节车厢。他把手包放在座位上，然后站在月台上等着发车。监视他的那个人就在他后面上了同一节车厢。正当火车要关闭车厢门时，伯特尔买了一份报纸，闲庭信步般地走进车厢，非常镇定。他肯定是沿着车厢走廊一直往前走的，然后在车厢的另一头躲出去，等火车发车时，自己在某个地方藏起来；等火车离开后，他从容地穿过障碍物，买了一张去斯文顿的车票，捡起他之前放在附近的一只二手手提包，然后乘坐下午一点零五分从斯文顿到韦茅斯的火车。当然，所有这一切，我们都是在事后查明的。跟踪他的那个人稍不留神，发现他已经不见时，已经有一段时间了，只得满车厢寻找他，最后在雷丁火车站下了车。到那时候，做什么都来不及了。那虽然不是很高明的伎俩，但是所有这一切都进展得非常顺利——他可真是演技超群。所以，从船闸到牛津这一路上，难保他不耍什么花招。"

"好吧，你可以亲自去调查一下他不在场的证据，我不能再去找那些搬运工或其他人问话了。西浦科特车站是一个非常小的火车站，我敢说，他们肯定还记得周一发生的事情。但是，有一点千真万确，那就是第二天早上十一点之前，他是乘出租车到这里来的。如果不是在牛津城的话，他哪里可以找到出租车呢？如果不是乘火车——就是那趟九点十分的火车——那他又是怎么从船闸到牛津去的呢？我确信，你是找错人了。"

"可是，该死的，你看看他的动机——整整五万英镑啊！再看看他这次突然失踪！你不能不怀疑奈杰尔·伯特尔。"

"过去的一周里，我其他什么事情都没做。你还没有掌握全部的情况。"安杰拉上楼去取那些照片时，布莱顿继续向他简要概述了船闸管理员叙述的情况。"现在，"他下结论道，"你该明白，为什么我有理由怀疑堂弟奈杰尔了吧？那不仅仅是苏格兰场多管闲事。除了那个因为德里克的死而可以躺赢遗产的人之外，谁可能会有兴趣去拍摄德里克·伯特尔尸体的照片呢？如果德里克的死亡可以证明的话。"

"没错，听起来很有道理……但是，如果你仔细想想的话，就会发现，他怎么可能那么傻，让相机胶卷从他口袋里丢出去呢？他肯定非常珍视它们才对呀。看起来，这更像是他故意把它们扔在矮灌木丛的。”

“没错，我也这样想过，”布莱顿说，“而且那卷胶卷非常完好地包在一个防水的卷烟袋里。我猜，你的意思是，他希望某个陌生人偶然发现这些胶卷，然后把它们交给警察，这样警察就会掌握德里克死亡的证据？”

“看起来，的确如此。不过，请注意，这个死亡证据很糟糕，只要尸体被找到，它就是一个完全没有必要的证据了。难道奈杰尔·伯特尔不希望尸体被找到？难道他悄悄地把尸体弄到别的地方去了？如果这样的话，他究竟为什么要这么做呢？”

“没错，但是我们进展得太快了。就我们所掌握的情况来看，凶手可能不是奈杰尔，可是，我们却在这里推测他的作案动机。”

“他不在场的另一面是什么？他十一点到达这里，或者这附近，他为什么不可以先沿河而下，然后谋杀了他的堂兄，再回到这里，手里拿着手表，就坐在这片草坪上，心里盘算着亲爱的德里克什么时候会出现呢？”

“我懂，我明白。但是，那样做是非常冒险的。任何人都可能来到这片草坪上，注意到他不在那里。而且，有几个人在河对面露营，他们可能看见他离开，可能会记得见过。如果他沿着那条纤路去的话，他必须路过童子军的整个营地。最后，我得说一下，他当时还没有支付他的啤酒钱。我从吧台服务员那里得到这个信息。而且，从某种程度上来说，如果有人点了酒水但没有付钱，在你离开的时候，整个酒吧的人都会用奇怪的眼光打量你。"

"尽管如此，这个案子还是值得调查的。即使奈杰尔·伯特尔没有作案动机，那会是谁呢？这附近还有其他什么可疑的人呢？"

"这其中还有许多其他人。譬如，三角帆农场的农民，船闸管理员伯吉斯先生。不过，他可不是你想象中的那种健壮而寡言少语的人，他是一个话多、行动较少的人。"

"没错，可是像这样一个素昧平生的人，有什么可信的理由去谋杀伯特尔兄弟中的一人呢？"

"如果你了解奈杰尔·伯特尔更多的话，就会知道，任何一个陌生人一见到他，都很容易会因为一时冲动而杀了他。不过，他的堂兄可能并没有这么令人作呕。我承认，这很难解释。但是，你知道吗，我觉得，似乎从某种程度来看，有证据可以证明有第三者参与了这个案子。"

"什么证据？"

"三角帆农场那位老妇人非常确定，她那天早晨看见有个人急匆匆地路过，去赶火车，而那个人不是德里克·伯特尔。"

"为什么不可能是德里克·伯特尔呢？他不是失踪了吗？"

"因为他没有时间赶到那里，他也没有时间把船划到下游的一英里以外去，而且，我也不相信他可以穿过乡村，因为他的心脏非常脆弱，他根本不敢游过拦河坝所在的那条河。"

"他有可能是从拦河坝桥上穿过去的。"

"正是如此，但是，这样一来，由于匆忙，他肯定会选择那条直接通往火车站的路，也就是说，与奈杰尔走的是同一条路。这样一来，就不会有人从三角帆农场经过了。假设是奈杰尔·伯特尔从三角帆农场经过，同样也难以解释，他虽然有时间这么做，可是他的动机是什么呢？农场和他要去的地方完全不在同一方向。"

"有没有可能是他故意走到那边，这样就可以把胶卷放在某个别人认为他不可能出现的地方去？"

"对，可是为什么正好是那里呢？为什么冒着错过火车的风险，整整绕了一圈到那里呢？那时候，他本可以随时抄近路穿过树篱，然后经过三角帆农场，把那卷胶卷扔在农场外面，确保有人能够及时发现它。你看，这个动机似乎行不通。不过，你看这里，你最好去三角帆农场试试看。我不能询问那个老妇人，你知道的，因为我没有正式的身份。"

"我去三角帆农场试试看，当然还有许多其他的地方。不，谢谢，我不能留下来吃饭。我得回牛津总部去，因为我希望一得到通知就可

以立即出发。不过，我明天可能会找个时间再来拜访。哦，布莱顿，

我的天，我多么希望能有你这样的头脑。"

不和谐的音符

　　轰动一时的伯特尔失踪事件仍然是各大报纸争相报道的热点。雷兰德从不对任何嫌疑人多加防范，这是他的行事风格，也许这其中也有其缺点。因此，尽管警方和港务局方面都得知了奈杰尔失踪的消息，但是报纸上却从未提及这个事实。另一方面，对德里克的描述却广为流传。人们都认为，"官宣"的这位不幸的年轻人，由于精神健康状况不佳，很有可能失去了记忆，正在某个地方流浪。没有什么东西能比"官宣"的存在更有力地刺激公众的想象力，人们在俱乐部里和火车车厢里激烈地争辩着这其中的是非曲直，慷慨地交换赌注，理发师们已经对这个话题忍无可忍了，甚至牙医们都会堵住病人的嘴，好让他们能专心听他发表对此事的观点。布莱顿所表达的强烈预感被充分证明了它的合理性。让当地渔民紧张而又恼火的是，整个周六的下午，泰晤士河两岸都挤满了业余侦探，他们都是骑自行车过来，想在这个案子上试试身手。每个船闸口都被载着好奇爱问的人们所乘的平头方底船和游船挤满，几辆游览车从牛津飞奔而来，他们的冒险精神绝不会令人失望。

搜救工作不仅是在泰晤士河上游或者在牛津附近继续着。无论在哪里，摄影技术让我们所有人加入寻找凶手的行列成为可能。德里克的一张照片经过复印之后登在一家报纸上，那副显得特别模糊的嘴脸，越发增加了人们参与其中的热情——在想象力的延伸之下，几乎任何一个陌生人都像是要找的德里克。至于奈杰尔，警方却一筹莫展。尽管奈杰尔总是喜欢自己带着相机到处拍照，却从未给自己拍过一张照片。除了一张他七岁时候的照片和一张他的朋友在切尔西为他画的未来派素描之外，报纸上再也没有刊登奈杰尔其他任何照片，而他那张素描画可以代表任何一个男人、女人或芸芸众生。但是，德里克的照片是现成的，被印在成千上万份报纸上，其结果令人振奋。被错认的德里克们分别从阿伯丁、恩尼斯基林、布加勒斯特被带回来，结果警方不得不再三道歉，然后将三个人都放走。一家知名的媒体报道了一则消息，称德里克已经死了，但是死的时候很幸福，非常幸福。不幸的是，就在同一天，这家媒体的对手则宣布德里克还活着，而且活得很好，但是已经丧失了记忆力。这两则消息一出来，使得目前所曝光的真相大打折扣。

但是，尽管有关这个案子的消息传得铺天盖地，可真正涉及的人却几乎不受影响。更严重的是，有那么一两个闲人显然已经下定决心，要解开这个谜团。种种迹象表明，他们经常出没于这个地区，有意长期栖居此地，不达目的誓不罢休。这其中有一位叫作伊拉斯谟斯·库克先生，就在周四雷兰德抵达前不久的时候，在古郡旅馆订了房间，看起来，布莱顿夫妇不得不跟他成为邻居了。那位伊拉斯谟斯·库克先生是个美国人，他平常讲话的吐字发音足以证明这点。除了那副常架在鼻梁上的牛角眼镜外，他的长相与他的谈吐实在不相符。在人们的印象中，美国的男性游客一般都是身体健康、身材魁梧，宽肩膀，带有某种优越感。而这个库克先生看起来似乎有些瘦弱，他总是佝着背，所以不经意间，还会让人误以为他是一个驼子。他脸色苍白，左脸颊上长着一块黄斑，这让他看起来很丑陋；他剪着齐根的短发，所以那显然过早脱发的头顶，光秃秃地一览无遗地暴露在大家面前。他的双手总是插在大衣口袋里，一举一动丝毫不引人注目，他似乎压根儿不愿意与人交往——这可是他同胞中鲜有的一种天赋。

然而，不管他有多拒人于千里之外，有人却不允许他沉浸于此。

安杰拉拥有一种取之不竭的才能，知道如何与陌生人打交道，无论这些陌生人有多乏味，她都知道如何应付。她养成了一个很实用的习惯，就是把听别人谈论自己过往的回忆当作一种享受，如此，她才能坐着听完数小时单调而冗长的对话。库克先生不再像之前那么羞怯沉默了，甚至会在吃完晚饭后顺从地走出来。安杰拉坐在古郡旅馆那个朴素得有点让人难以忍受的客厅里织着毛线，脸上带着一种只有织毛线能带给她满足而专注的神情，听着库克先生吐露着他那些天真的秘密。听起来，他好像是美国侦探俱乐部的一员，他的任务就是在秋天之前完成一部侦探悬疑小说的写作，作为他保留会员资格的一个条件。他一直在不远处的伯福德过着呆板而闲静的生活，这时，报纸上关于伯特尔神秘失踪的新闻点醒了他。他不费吹灰之力就打包好了随身物品，来到了事发现场。他问安杰拉，这算不算是一份非比寻常的好运。他设想，倘若不是得到这个意外的收获，他只能在欧洲境内匍匐前进，带着放大镜去寻找写作素材了。在美国，他们很欣赏此地使用的侦探手段。他向布莱顿太太保证，伯特尔案的每一步进展都引起了大西洋彼岸各家报纸的极大兴趣。他猜想，布莱顿太太可能不是十分理解他对此事的感觉，但是他似乎认为，英国警方允许任何一个愚蠢的业余侦探插手这样的案子，简直是太不可思议了。哎，可以猜测，在芝加哥，警察肯定会用左轮手枪将普通民众挡在警戒线之外。这是你总能从英国民族那里感受到热情好客的又一个例证，非常显著。

对于库克先生这一大段的独白，安杰拉只是专注地听着，娴静而端庄，直到库克先生思考是不是应该把他和布莱顿夫妇愉快地相识这件事归功于最近当地报道的这起悲剧时，她才突然觉得有必要向对方说出自己的想法。否认麦尔斯对这个案子的兴趣会显得很荒唐，他每天的行动本身就已经说明，这种说法肯定就是一个谎言。因此，她转而说了一大堆具有迷惑性、半真半假的话——我猜这可能是她的习惯。大致就是，她的丈夫很久以前就认识这位失踪的年轻人，而且他正好有空，所以几个商业上的伙伴就催促他，尽可能去解开这个谜团。所以，他的调查和官方丝毫没有关系。她的解释既无推诿搪塞，也无泄密之嫌，就这样她轻松解答了这个难题。

库克先生向她保证，自己绝不是那种把别人的成果据为己有的人。但是，如果布莱顿太太能够在不破坏相互信任的前提下，告诉他，那场悲剧发生的确切地点到底大家认为在哪里，那他将深感荣幸。在一条六英里长的河道上进行仔细搜查，未免让人感觉到有点泄气。如果布莱顿先生的推理可以得出结论，知道悲剧发生的确切地点，如果布莱顿太太可以就此点醒他，他将感激不尽。

"噢，那不是什么秘密，"安杰拉说，"你会找到的，现场做了标记，但不是用十字架标识的，是一群大约十六岁、光着身子的男童子

106

军，他们整天泡在河里，希望能捞上什么东西。或者，不知什么原因他们没有出来，你也能找到那个地方，因为它就在一个废弃的船闸对面，那是这条河上唯一的一座船闸。如果你从下游往上游走的话，那个船闸就在你的右手边，但是从另一面走更容易走到河边，因为那里有一条纤路。"

次日，早饭过后不久，雷兰德来拜访布莱顿，他们坐在草坪上聊天。库克先生晨跑刚回到旅馆，和安杰拉一起，从旅馆客厅的窗户里望着雷兰德和布莱顿。雷兰德和布莱顿正在仔细看一些像是照片一样的东西。"多么幸运，"库克评论道，"您的丈夫肯定是一位摄影专家。"

"哎呀，你是怎么知道的？"安杰拉问道，由衷地感到惊讶。

"我不是在吹嘘自己的观察力，不过，布莱顿太太，我想，从一个人手上沾的污渍就可以看得出来，他最近一直在冲洗照片。"

雷兰德走访调查了很多地方，有很多东西要告诉布莱顿，不过，其中最大的部分是令人痛苦的负面结果。在西浦科特火车站，工作人员记得有一位先生在最后一刻赶上了去牛津那趟九点十四分的火车。牛津火车站的检票员记得，当时有一位没有买票的先生乘坐那趟列车到牛津，后来在售票窗口补了一张票。学校的门卫记得，那天有一位先生提前了一天赶过去参加口试。所有这些人对奈杰尔的描述基本上是一致的。而且，奈杰尔乘坐那趟列车回到牛津的事实也被他的房东太太证实了，似乎确凿无疑，丝毫没有值得怀疑的可能性，因为他在租住地的时候，房东太太正好在门口遇到了他。雷兰德甚至颇费周折地找到了那位出租车司机，他在卡尔费克斯附近载了一位乘客，在十一点钟左右把他送到了古郡旅馆附近。

"他不在场的证据似乎没有问题，对吧？"雷兰德说。

"是的，只是（正如我所说），就是证据有点儿太完美了。无论走到哪里，这个年轻人似乎一直都在煞费苦心地让人留下对他的记忆。你看，在整个事件发展的链条中，他没有忽视任何一环。看起来，他绝对是在刻意地坐实当天每一时刻内他的行踪。不过，也许是我想多了。另一方面怎么样？有没有找到任何证据，证明他当天早上十一点到下午一点之间一直待在这里？"

这段时间的证据似乎不太令人满意。吧台小姐记得奈杰尔到达的时间，她当时告诉他，那个点不可能为他提供樱桃白兰地酒，但是她卖给他一杯啤酒。他坐在草坪上喝酒的时候，吧台小姐根本没有注意他，尽管这期间，她从他身旁经过，去传一个口讯，当时看见他正坐在那里，不过她不太确定当时是几点。在河对岸扎营的人们也注意到了他的存在，他们注意到，当时他企图去给孔雀喂食，但是他们也只能说出，当时可能是在中午十一二点之间。除了他在十二点十五分或十二点半之间点过一顿早午饭之外，他之后的行动便没有确切的时间点。"假设，他是在十一点十五分喂孔雀，"雷兰德说，"那么他就有大约一小时的时间，沿着那条纤路赶去做他要做的事情，然后再折回来。"

"有可能，但是你并不相信这个假设。你并不相信，他会冒这个风险。这就是我要考虑的，一个真实的不在场证据———一个自然的不在场证据。他不费吹灰之力就将他的出现广而告之——例如，他并没有在刚好十二点的时候匆匆忙忙来到酒吧，点一杯樱桃布兰迪。不，我的感觉是，到了十一点的时候，主人公奈杰尔很小心地出现在人们能看得见他的地方。此后，他似乎并不在乎。我很好奇为什么？糟糕，我猜测它肯定暗示着什么。"

雷兰德摇了摇头。"所有这一切推断都非常理论化。我也去三角帆农场调查了，但是他们那种描述的方式不能给我任何有用的信息。当那个陌生人匆匆忙忙穿过农场时，那位老妇人只是从楼上的一扇窗户里看见了他。她当时猜测，他是去赶火车；而且因为担心那个陌生人是否已经赶上火车，后来她还去眺望火车的烟囱。"

"那个陌生人有没有看到她呢？"布莱顿问。

"有，非常奇怪，他肯定看到了老妇人，因为当时他向她脱帽行了个礼。这对于一个正在赶火车的人来说，是一种非常不一般的礼貌行为。"

"确实如此。不过，你看，他又一次坐实了他不在案发现场的证据。"

"然后，我又去找了闸门管理员。他绝对肯定地说，在伯特尔兄弟俩路过船闸之前，除了一个送牛奶的男孩和一个乘坐平底方头船的男人，在那么早的清晨，他再没有看见其他人。而且，他此后再也没有见到那个乘平底方头船的男人。那个乘平底方头船的男人有没有回来过？闸门管理员不确定，他认为没有再回来过，但是他没怎么注意此人。至于那条独木舟上的人，他对奈杰尔的描述十分准确。他非常确定，船上还有一位先生，但是他没有看见他动过，也没听见他说话，因为他大多数时候都是在船闸下游。我问他，他不是必须要移动，才能让船离开船闸吗？我觉得，伯吉斯先生还是坚持他之前的想法，认为船上的另一个人可能猛推了一把船，让它离开船闸——看起来，他当时已经到楼梯底部去了。这就是伯吉斯先生告诉我的一切，另外，还有今天早上的发现。"

"今天早上什么发现？你之前没告诉过我。"

"我准备留到最后再说。是的，最近伯吉斯先生似乎冷落了他的花园。一有空，他就拿着一根渔夫们常用的、那种长长的干草叉之类的工具（你肯定见过），在船闸那边的河道里四处翻搅。哎，今天早上，正当他离开小岛，在桥下面到处乱戳的时候，他的干草叉正巧叉到了一样东西，看起来像是一个钱包，不过还没等他叉起来，那东西又掉进河里了。但是，伯吉斯四处摸找，又把它给找出来了。东西在这儿。"

110

雷兰德掏出一个被河水泡得褪色变形了的绿色皮夹子，里面显然装着一些现钞。雷兰德从钱包的内层拿出来两张五英镑的纸币——库克先生正是将这两张纸币误认为是照片。此外，皮夹子里什么也没有。

　　"你知道吗，这非常有趣，"布莱顿说，"我必须说，这个皮夹子好像就是从一具真正的尸体上掉下来的。想象一下，并没有尸体存在——德里克只是在玩消失的把戏，如果他想留下什么纪念品，他无疑可以找到其他更实惠的方式，比如，留下一只鞋什么的。即使不得不抛下一个钱包，他也只需要在里面留下一张纸币就足够了。不过，皮夹子也确实经常会从口袋里掉出来。但是，当然，我们根本没有证据证明这个皮夹子就是德里克的。"

　　"不好意思，我们有证据。我给德里克的银行发了一封电报，询问他最近三周内取出的任何纸币的编号，发现这两张纸币的编号就在其中。"

　　"得啦，那就更好啦……真是他的钞票——其中的两张。看起来，钱包确实是无意间掉落的。所以，这有可能意味着，他要么在桥下面遇到什么人，或许是在挣扎的过程中，钱包掉落了；要么就是正好在那个点，他的船翻掉了，尸体从里面掉出来了。我再看不出来还有任何其他的可能性，除非它纯粹就是一起疯狂的意外事故。"

　　"我自己也是这么感觉的。你听着，打捞到钱包的地方离发现那个装胶卷的烟叶袋的地方不远。"

"先生，有一个小家伙要见您。"女店主突然宣布道，过来连个招呼都没打。

布莱顿可是费了一番功夫才与男子军团混了一个脸熟，他毫不怀疑，一定是这些非官方的某个盟友来找他，而且这肯定意味着有新的发现。他暂时向雷兰德告辞，匆匆赶到旅馆前门，发现情况正如他所预期的一样。湿脏蓬乱的头发说明他的来访者刚从水里上来不久，凌乱的衣衫似乎表明，他只为出于某种礼节才勉强把它们套在身上。他脸上带着灿烂的笑容，手里拿着一个小小的、黑色的东西。

"找到那位先生的钱包了，先生。"他说。

伊拉斯谟斯·库克先生

"这不妙啊，"雷兰德说，"一点也解释不通。别说第二个皮夹子并不真的是德里克·伯特尔的，把他的卡放在钱包里只是一个骗局。那张纸币的编号与我们在另外一个钱包里找到的另外两张是连号的，这三张纸币都是他在大约两周之前从银行取出来的。两个钱包，一个在小岛尽头的对面；一个在废弃船闸的对面。德里克·伯特尔的纸币，两张在一个钱包里，而一张在另一个钱包里，连同他的名片，德里克·伯特尔的名片——他或者其他什么人，到底居心何在？"

"不知道，我也想不通。我认识一些随身带两块手帕，或者戴两块手表，或两个烟斗的人，但从没见过随身带两个钱包的人。而且，就算是他自己做的，对他有什么好处呢？除非，确实，一个钱包是在他还活着的时候，在他挣扎时或在某个兴奋时刻掉出来的；而另一个钱包则是在他的尸体被人从船上翻进河里时，从他的口袋里掉出来的。这是我能得出最有可能的推理，但是似乎非常不切实际。"

"哦，这总好过什么推理也没有，"雷兰德很认可地说，"不切实际，但并非没有可能。"

"没错，但是你还没认识到事情最糟糕的部分，"布莱顿指出，"伯吉斯找到第一个钱包的地方，恰好在小岛上那座桥的下面，但并不是在那条船被凿洞的地方。"

"你是怎么知道的呢？"

"我不是一直跟你说吗，一条那种尺寸且底部有漏洞的船，只能漂出几百码，就会浸满水的。一旦船上灌满了水，它实际上根本就不能前行，因为只能靠河水推动它，而不能靠风来吹动，对不对？所以，河水不可能在九点半到下午一点半之间，一直推着那条船漂出那么远的距离。所以，在这场疯狂的独木舟之旅中，你得将它分成两个单独的部分——一部分在桥上，也就是那个小袋子掉落的地方；另一部分是在下游一些的地方，也就是船被凿洞的地方。这两部分都很讨厌，难以用语言来形容。"

"你知道我怎么想的吗？我现在觉得，现在我们唯一要做的事，就是找到奈杰尔·伯特尔的行踪。德里克·伯特尔有可能还活着，也有可能已经死了，所以去调查他的下落，有可能会愚弄我们自己。可是，奈杰尔·伯特尔绝对是活着的，他突然溜走，这说明他心中有鬼——他肯定可以告诉我们一些信息。我认为，我们应该全力以赴追逐他。"

"这对你来说没问题，但是我拿人家钱，不是来追寻奈杰尔的下落。如果真有一个谋杀者存在，难以形容保险公司完全不关心到底是谁干的。我的任务就是找到德里克。但是，顺便说一下，这里面确实有另一个人需要去找的。"

"谁？"

"那个坐平底方头船的人。案子发生的时候，他就在不远处。他只能从陆路抄近路，而且他能够超过一条被漫不经心划着或者根本就没人划的独木舟。他可以再回到他的平底方头船上，然后继续向上游去，看起来完全没有罪。所以，我说，他可能也是一个嫌疑人，尽管没有什么东西可以直接证明他就是。而且，他同一时期的行踪，应该是可以追踪到的。他肯定是从哪里租来这条船再出发的，他肯定将这条船放在了某个地方，或者，他仍然在船上，说不定在泰晤士河上游的某个地方。一定值得我们去查到他的下落。"

就在这个时刻，他们的谈话被库克先生打断了。他可能一直在听他们谈话，但是到底听了多久，并不清楚。他轻手轻脚，在草地上缓缓行走，一边行走，一边表现得好像对那里的景致饶有兴趣。但是，非常明显，他的目的是接近他们俩。他带着美国人独有的那种坦诚，这种坦诚既会给他们赢得不少朋友，也会招来所有敌人——直奔主题。

"听我说，先生们，"他说，"二位不必告诉我，你们都在调查伯特尔的案子。实际上，我自己对伯特尔案子也非常感兴趣。不过，我不像二位拥有有利的条件，我只知道报纸上报道的那些东西。我猜，报纸上报道的那些信息，也只是你们希望别人知道的东西罢了。不过，听我说，我倒是有一个建议，希望二位能考虑一下。我可能不如二位那样足智多谋，但是我持有美国侦探协会的 A1 侦探资格证，而且我也有志于谦卑地追寻贵国伟大侦探福尔摩斯的芳踪，成为一名出色的侦探。所以，我的提议是：如果我能指出二位在这个案子里尚未注意到的一点，请记住，是很重要的一点——尽管二位具备这么有利的条件——或许可以让你们回到正确的轨道上来；那么，二位先生得让我和你们一起合作，找到这个伯特尔。能参与到你们的调查工作中来，我将备感荣幸。当然，如果这里的这位先生与警方有联系，我不希望他向我吐露任何警方不希望被泄露的实情，那样才合乎情理。我所要的只是偶尔需要从你们这里得到一些提示，这样我们能够一起想出一个共同的对策，而我们的调查工作也不会交叉。现在，我不知道你们想要说什么。我敢肯定，你们一定觉得我的提议非常无礼，想要把我踢下台阶吧。不过，如果你们有任何需要我的时候，我随时恭候。"

"就我个人而言，我同意你加入，"布莱顿说，"不过，感谢上苍，我是一个自由代理人。雷兰德，你有什么看法呢？"

"哎，我不是一个自由人。不过，我并不介意，在我认为他错了的时候给库克先生提示，正如他所说的。如果他真的可以对弄清这个案子有所贡献，而且准备现在就证实这点，那么，库克先生，我们无须商量，你可以加入我们。如果此时此刻，你真的能够帮助我们回到正确的轨道上来，那么，我就相信，你是一个值得合作的人，而我也随时欢迎你加入。"

"好吧，我想，我会很满意的。不过，请注意，我不是说这个事实是一个重要的事实。我没法将它与这个案子的其他事实联系起来，但是，你们看，你们了解得比我多，而且对我有吸引力。所以，让我这样跟你们说吧，你们有没有什么证据，可以证明德里克·伯特尔上周日晚上，也就是他消失的前一晚，在米灵顿桥旅馆住宿？"

"可是，究竟为什么不是住在那里呢？"布莱顿抗议道。

"为什么不是住在那里？这个我没法说，我只是问他是否真的住在那里。"

"不过，我的意思是，有没有什么可能的理由，让你怀疑他是否入住过？"

"好吧,我希望,布莱顿夫人此举不会显得太轻率。不过,她告诉我,这对伯特尔堂兄弟似乎并不怎么喜欢彼此,而且她说,米灵顿桥旅馆的女店主告诉她,那两位堂兄弟,他们当时并没有一起到旅馆,也没有一起吃早餐,而且也没有一起离开。现在,在美国,我们非常重视人证问题,我们这一行里有些伟大的推理家曾经指出,一些未受教育的人总是把推理当成事实。现在,假设那天晚上是同一个人来宾馆两次,而在第二次的时候假装是另一个人,那么有没有可能她会说,那天晚上有两个陌生人来她的旅馆住宿了?我们不知道的是,她到底有没有见过这两个陌生人在一块儿?"

"布莱顿,"雷兰德说,"我觉得,这点有必要调查清楚。我们能不能过去,再去问问那位女店主?"

"当然。不过,先吃午饭吧。我不确定,是否十分明白这一切的意义,这个猜测是不是对的,不过,这点肯定值得去调查清楚。"

一位警官的出现让女店主彻底慌张了,说话比之前更加唠叨了。雷兰德一开始要求她出示旅馆的营业执照,这真让那位可怜的老妇人难堪,因为自从战争结束后,她就没有获得任何营业许可,就像大部分乡村旅馆一样。没错,大概是在晚上十点左右,第一位先生进来了,当时门口很黑,所以她并没有注意他的长相。她当时觉得,他是一个英俊的年轻人,身材挺拔,说话慢悠悠的,看起来很随和。

"那准是奈杰尔，没错，"布莱顿说，"但是他身上没有带相机，对吗？"

女店主觉得她没有看。当时他肩膀上扛着一个包，好像就是他的行李。"我上楼进房间了，"他说，"我非常累了。不用，不吃晚餐了。不过，还是谢谢您！"于是，女店主带他去了二号房间，也就是在一楼一个面朝后院的廉价房，而三号房间，就在对面。三号房间各方面都要更加舒服，而且可以看到旅馆前面的风景，所以当时她以为他会选择三号房，但他没有，只选择了二号房间，别的什么也没有。

"很有启发性，"雷兰德说，"如果库克先生的猜测是对的，我们的朋友也许当时想要从窗户爬出去。我们可以四处看看吗？他不可能从前面的房间爬出去，因为那样很可能会被人撞见。"

二号房间的窗户似乎证实了他们的推论。窗户很大，位置开得很低，连接着外面房子的屋顶，让人可以轻易地从上面爬下去。女店主继续解释说，第二个人大约在五到十分钟后才到的，她是通过那个人斜挎在身上的照相机辨识他是谁的。她说不上来，这个人是不是跟另一个人长得像，但是她觉得像。至于他说话的声音，哎，第二个人除了说了一句谢谢，几乎没怎么开口说话。第二位先生也背着包吗？哦，没有，她认为没有，但是她并不觉得奇怪，因为，第一个人背的包，看起来足够两个人的行李，是一个很大的行李包。第二个人上楼的时候，第

119

一个人还在他的房间里活动吗？啊，这个要问问那个女服务员了。当时是丽兹带第二个人上楼的。于是，丽兹被叫来了。她说没有，她没有听见另一个人活动，也不记得了。

"他的靴子有没有放在门外？"雷兰德问。

没有，好像两个人都没有把靴子放在外门让服务员清洁。当被问及这两个人的行为表现与其他旅客相比是否正常时，女店主回忆了一会儿，然后发誓作证说，她不能完全确定，有的行为正常，有的不正常。不过，这附近的渔民们是不可能穿类似胶底帆布做的鞋。而且，如果是这样的话，为什么他们不愿意让服务员清洁他们的靴子呢？两张床都有人睡过的痕迹吗？丽兹又被叫过来了。是的，两张床都有人睡过的痕迹，而且当时弄得还很乱，而且两个洗脸盆都有人使用过。第一个进来的人没有要求早晨叫醒他，第二个进来的人要求把餐盘放在门外的垫子上，他点了一壶茶和两个美味的水煮荷包蛋，当时大约是第二天早晨七点半；另一个人，也就是住在二号房间的那个人，大约在七点四十五分的时候下来了。他吃了早饭吗？哦，吃了，他也要了一壶茶和两个美味的水煮荷包蛋。

"哦，天呐，"布莱顿说，"难道那个人在一个早晨吃掉了四个水煮荷包蛋？"

"他有可能把送到客房里的两个鸡蛋扔到窗外的灌木丛里了，"雷兰德说，"到现在估计都已经被鸟儿吃掉了。"

住在二号房间的那个人似乎没有花多长时间吃早饭，就去结账，大约在八点十五分的时候出发去了泰晤士河。至于住在三号房里的那个人，没有人说见过他出去。但是，两个人的账都已经结了。

"这之后，有没有人住过这两个房间，"雷兰德问，"房间里的摆设是不是还跟他们离开时差不多？"

没有人住过，后来就没有来过旅客，现在还不是旅游旺季，月初的时候不会有太多客人。不过，当然，在两位先生离开之后，丽兹已经把两个房间打扫干净了。但是，欢迎他上楼去看看。他们上去，仔细察看了两个房间，雷兰德和布莱顿特别注意了二号房间的窗户框，希望能找到一丝有人匆忙从窗户出去的痕迹。但是，窗户上并没有明显的刮痕，看起来，他们似乎只能失望而归了。虽然他们的推论形成了，也经过检验和证实，但没有找到支撑的证据。他们正要下楼，这时，那个美国人开口说话了，这几乎是他来到旅馆后第一次开口。

"向两位这么能干的侦探提任何建议都让我诚惶诚恐，不过，有没有可能，我们能在这里找到一些指纹？我们美国的专家曾经指出，如果一个人的手上有油脂，只要摸过的地方都会留下指纹，即使肉眼看不见，它们也可能存留好几天。而且我注意到，贵国旅馆的服务员，收拾房间的时候并没有什么特殊。所以，我想建议，如果你的工具箱里带了任何粉剂，你们可以在两个房间的卡拉夫瓶上试试，看能不能找到指纹。"

这个办法似乎是孤注一掷之举了，但是在没有更好建议的情况下，也不妨一试。令人难以置信的结果出来了，每个酒瓶上至少都出现了一个拇指指纹，轮廓非常清楚。雷兰德默默地把两个瓶子拿到窗户旁，小心翼翼地并排举起来。事实毋庸置疑了，这两个指纹一模一样。两个卡拉夫瓶被小心翼翼地包起来，像战利品一样被带回去了。

"库克先生，"雷兰德说，"对你的发现，我真不知道该如何评价。但是，你彻底证实了你的想法，我必须说，希望你继续参与这个案子。我随时准备好给你任何想要的'线索'，只要在合理范围内。我想，你会一直待在古郡旅馆吧？"

"探长，在这个案子告破之前，你会在那里找到我的。我不知道那是什么，但是一个真正的难解之谜，某种程度上会抓住人的心，让人欲罢不能。所以，我还得在这里待上将近两个月，古郡旅馆对我来说，是一个不错的选择，更别提在那里还有你们的陪伴。"

"布莱顿，你一直很沉默，"雷兰德说，"我相信，你肯定有什么想法了——一定是想出什么解决办法了。"

"还差得远，"布莱顿高兴地承认说，"不过，我喜欢新的难题出现，只要它们不太离谱就行。不过，这个难题并不离谱。"

小岛的秘密

    与雷兰德单独在一起时，布莱顿才详细说明自己的想法。"对库克先生的信任程度如何，这由你自己做主，我不干预，"他说，"但是，我必须告诉你，我已经取得了奈杰尔·伯特尔的指纹。我非常高兴，已经这么做了。当时，我去拜访他，把那些照片还给他时，就特别留意，确保他在装照片的信封上留下指纹，并且想办法让他把信封还给我。我从他的住处一出来，就拍下了那些指纹，就在这里。如果我没有记错的话，这些指纹跟酒瓶上的指纹一样。"

    他的预测完全得到了证实。"呃，不管怎么样，我们已经把事情弄清楚了，"雷兰德说，"根据你告诉我的情况，我们可以判断，周日晚上之前,伯特尔兄弟俩还是在一起旅行的。在周日晚上,只有奈杰尔·伯特尔一个人住在了米灵顿桥旅馆,而且他非常小心地让别人认为,德里克也住在那里。比如,他肯定花了不少心思,把三号房的床弄得乱七八糟。"

"没错,但是不要搞错了,你可没法在十分钟之内把一张床搞得乱七八糟的。书本上可以写成这样,但是实际生活中,我们可没法让一张床看起来好像有人睡过了似的,除非你真的躺在床上有一两个小时。我猜,奈杰尔那晚肯定是分别在两个房间里度过,在两张床上都睡过觉。当然,那天晚上他还从窗户爬出去,然后又从旅馆的正门进来,假装成那个带着相机的先生。你知道吗,他作为业余演员的演技还挺不错的,在这方面他还小有名气呢。第二天早晨,他在三号房间——他晚上换床睡觉的时候把二号房间的门锁上了。然后,他又回到二号房间,假装吃早饭,在那个房间里洗漱,打包好行李,然后下来,吃了他的第二顿早餐,接着便起身结了账,就离开了旅馆。一个晚上的活儿,干得不错,可是他究竟为什么要这么干呢?"

"我真傻,"雷兰德若有所思地说,"不过,我认为,我离整个案件的结果又近一步了。你且听我简单概括一下,然后说说你的想法。我把它当作一个固定的既定事实——几乎是我们目前为止发现的唯一既定事实——虽然第二天他们划船往泰晤士下游去的时候,他的堂兄确实是跟他在一起的，但事实上，在周日的晚上，奈杰尔·伯特尔蓄意假扮成他们两个人。对于奈杰尔这个古怪的行为，我能看到的唯一强烈的动机，也是一个荒唐的动机。他之所以这样表演，是因为他希望人们认为德里克还活着，而事实上他已经死了。那就意味着，他已经在星期天谋害了他的堂兄。"

"你这个想法无疑很有创意。你的意思是，他把尸体留在船上，然后把船拴在某个不可能被发现的地方？"

"有可能。或者，他也有可能在某个容易把尸体取回的地方，把尸体沉入水中。与此同时，在这之前，他们所到的旅馆都是两人一起住宿，因此，他必须给人造成一种假象，就是在米林顿桥旅馆住宿的是两个人。我们知道，他确实那样做了。但是，他防范措施更进一步了。他决心要用堂兄的尸体，来玩一个古老的刑侦游戏，我的意思是，他假装堂兄还活着，而且就在船闸管理员的鼻子底下玩了这个把戏。他把尸体放在船上，让它看起来像是一个人睡着了——或者有可能是吸毒了，然后，他一本正经地把船划到西浦科特船闸。幸运的是，当时船闸处于高水位。如果当时船闸处于低水位的话，船闸管理员就得出来，走到桥上近一点的地方转动曲柄放水，那样的话，他肯定会往下看看那条独木舟。事实上，当时船闸管理员只需要在另一端把船闸门打开。而且，他这么做的时候，出于船闸管理员的习惯，总是背对着路过的游客。"

"没错，奈杰尔是在冒险。但是，就像你说的，他很幸运。"

"在离船闸更远或更低的那一端，危险就没那么大了。在转动船闸把手的时候，管理员还是背对着船。没多久，随着船闸水位降低，小船也已经消失不见了。接着，也是奈杰尔站在船闸边上，对着船上那个没有生命气息的尸体，开始了一段独白。根本没有听到对方的回答，但这并没有让管理员惊讶，因为在船闸厚厚的墙壁与急速流动的河水之间，他不可能听到另一方的回答。现在只留下一个难题——如果船上的人已经死了，怎么让船离开水闸呢？"这个难题也被奈杰尔解决了，而且非常巧妙，他假装在最后一刻记起来什么东西——相机或者类似的什么东西——然后跑下台阶来到船边。也就是在这里，没人看见的地方，奈杰尔使劲地推了一下小船，足以使它驶入河道中，然后在河面上风会带着船往下游漂流。接下来，他开始制造不在案发现场的证据。

"那么，在这期间又发生了什么呢？"

"在这期间？哎，我同意你所说的，有第三者存在的说法，只不过，我认为这个第三者只是一个帮凶，他的任务可能就是处理尸体什么的，接着把船继续往下游划到某个离西浦科特较远的地方，然后在船底凿一个洞，之后便逃走了。"

"你是觉得，这个帮凶先把尸体处理掉，再把空船划到下游吗？"

"是的。你看，事实上，在早晨那个时间点，无论是泰晤士河道两岸，还是河面上，都似乎完全看不见人影。但是，他们不能绝对肯定，一定不会被人发现。不过，即便有人看见他们，重要的是，船上应该只有一个人。如果船上只有一个人，那么偶尔路过的人以后被问及时，也会信誓旦旦地说那人就是德里克。路人总是喜欢对他们所说的发誓，因此，那个帮凶便继续独自前行。这时候，无论有多少人看见他都无关紧要，只要他在船上凿洞的那一刻不被发现就好。你看，这就意味着，他必须把尸体藏在某个地方，某个不会被人找到的地方。"

"没错，我明白你的意思。顺便说一下，我猜，你是不是理所当然地认为，他们打算偷偷地把尸体藏在某个地方，不想让人在河里找到它？"

"我正在想怎么解释这个假设。毕竟，想要将一具尸体沉在河底，又不被人发现，那种概率很小。所以，如果打捞队一直找不到尸体的话，那也许河里并没有尸体。所以，如果这样的话，那是因为奈杰尔和他的同谋——为了说起来方便，暂且这样称呼他们——不想让尸体被人发现。"

"分析得很棒！当然，那就意味着接下来要……"

"那就意味着，尸体本身经不起检查。尸体上一定是有暴力的痕迹或者其他什么痕迹，在验尸官的勘验下，肯定是隐藏不住的。所以，尸体就必须藏在某个地方一段时间。那个帮凶不能把尸体装在他自己的船上，而奈杰尔也不可能把它带上火车运走。因此，他们很有可能把尸体沉在了河里某个地方，之后再去把它打捞上来，但是这样做耗时费力。更简单的办法，就是把尸体藏在岛上的某个地方，然后再找机会回来取走。"

"你知道的，他们并没有很多时间这样做的，因为搜寻工作大致在四小时之后就开始了。"

"正是如此。所以，他们更有理由选择一个人们不会看到的地方，而且，正是因为那个原因，我更倾向于认为，他们把尸体藏在了岛上。你还记得吗，小岛的另一端被深深的灌木林覆盖，而且有很多欧洲蕨和矮灌木。搜救人员会一路逆流而上到达船闸，然后在船闸周围数英里之内展开搜查。但是，小岛恰恰是他们不会去看的地方。他们会认为，如果德里克失去了记忆，或者他因为丧失记忆而失踪的话，到搜查的那个时间，他已经离开数英里了。事实上，到底有没有人在小岛上搜查过呢？"

"我认为，没人搜过。但是，有一点需要考虑——把尸体藏在小岛上，再把它搬走会很困难的。无论是从水路还是从陆路走，他们想在不被人发现的情况下接近尸体，几乎是不可能的。"

"我知道。但是，难道他们乘机利用一下这次搜救行动，会很难吗？

无论怎样，奈杰尔似乎在周一晚上就已经花了好几个小时在寻找尸体了——万一他知道尸体在哪里，然后找到了，找到之后，接着就把尸体处理掉了呢？"

"呃，我们还有时间到处看看。或者，你想不想特意再回牛津看看？如果你有足够的力气划船的话，不用太久，我们就可以坐着独木舟到达那里了，而且这样也更方便我们四处搜搜看。"

"就我们两个人去吗？"

"一条独木舟上乘三个人可不行。安杰拉坚持要在家里待上两个晚上，她有个荒唐的想法，认为孩子们希望她待在身边。而且，我不太想让库克先生参与这次行动。所以，就我们两个去吧。"

天空万里无云，空气里没有一丝风，此时，泰晤士河的美景一览无余。身体任何细微的烦躁动作，都有可能在凉爽的河面上泛起一圈圈涟漪。两岸上的红土地，连同围绕在它们周围的绿色毛边，都在晚霞的映衬下，呈现出一种柔和的反差。水中的芦苇挺直站立，纹丝不动，俨然站岗的哨兵一般，恰好为远处的树梢镶上了边。牛群在浅滩中泼溅水花的声音，远处收割机轰隆隆的声音，与孩子们的叫声交织在一起，不时打破此刻的宁静。薄荷草、绣线菊和放在田野里晾晒的干草的香味与万物中最为柔软清澈的河水的气息交织在一起，形成一种让人无法忍受的甜蜜。河面时而在阳光的照射下波光粼粼，时而在树荫下略显神秘而昏暗，仿佛配合着船桨悠闲的节奏。看起来，大自然已决意忘却那场悲剧，假装什么也没有发生，继续她的生活。只有偶尔出现的几条挖泥船，让他们想起过去发生的事情，提醒他们那令人不快的差事。

终于，小岛出现在他们眼前。你必须承认，在阳光和树荫的交错下，小岛看起来像一个鬼魅之地。我们这些在岛上出生的人，血液中流淌着某种情结，面对一座岛屿，我们能感觉到某种神秘又具魔力的东西存在。当我们在沙滩上堆沙堡时，这种感觉会不期而至；当水将岛屿隔离开时，这种感觉也会油然而生；而当你置身于湖泊或江河中时，这种感觉会更加强烈，因为这里的水流非常狭窄，而遥不可及的河岸看起来又是那样近在咫尺。在他的想象中，有谁曾见过没有住满人的泰晤士河岛屿，岛上充满了欢乐的人，或是某些鬼鬼祟祟的法外之徒，或是某些被人遗忘而羞怯的人群？随着你慢慢接近西浦科特岛，经验可能提醒你，岛上地势较高的地方连着几座桥，已经在人们辛勤开垦下，被完全开发。但是，幻觉依然存留在想象中，恍惚间，这里似乎成了一个遥远而神圣、尚未被周围世界的日常俗事污染之地。

"我想，就在这里，"雷兰德说，"伯吉斯就是在离小岛不远的这个地方，找到那个钱包的。从他的描述来看，那个钱包原本肯定是掉在离岸边很近的地方——仿佛是有人或者某个东西正好从这里下了船。

但是，岸上好像没有什么混乱的迹象，对吧？"

不过，这原来只是表面现象而已。他们刚一下船，就发现在蕨丛中间有一条明显的小路。他们兴奋地注意到，这条小路像是因为在混乱的蕨叶中拖曳某种重物而形成的，不仅仅是过路的行人无意间踩踏而成的。没走几码，小路就从河岸线上岔开，绕过一片悬垂灌木，穿过一片极厚的蕨类植物，爬上了通往小岛腹地的斜坡。小路上零零落落地出现一块块光秃秃的黏土，而且黏土上总是有缝隙，这些缝隙好像是被拖曳在上面的重物突出的末端划出来的。不过，小路的方向不太明显，好像制造这条路的那个人也曾怀疑过他的目标，小路出现了杂乱的曲折。在快接近小岛顶峰时，那条小路突然戛然而止，那里树木生长茂密，但是在蕨类植被的中间有一块空地，是一块光秃秃的黏土地，在树荫的保护下，地面还是湿的。而且好像就是这里，那个重物肯定被放下过，因为那块黏土上有一个不太清楚但是很确定的压痕。布莱顿和雷兰德走近那块地，扫视土地表面有没有任何更明确的轮廓。"你看！"雷兰德突然说。在那片乱糟糟的黏土中间，有一个小小的凹陷，这个凹陷只可能是由一个东西造成的。那是一个纽扣的印迹，从大小来判断，是一件大衣上的纽扣。

"嗯……"布莱顿说，"这些痕迹不可能是一个活人留下来的。"

"他肯定是一个傻子，不是吗？如果他想休息或者睡上一觉，怎么会挑一个像这样容易患风湿的地方来休息或睡觉呢？如果他想的话，这里有这么多蕨草给他作床呢。不，躺在这里的那个人肯定是个死人，或者只是中毒了的人。"

"如果我们谈论的是德里克·伯特尔，两者没有什么区别。他的体质可受不了'黏土浴'。"

"那么，当时发生了什么呢？"雷兰德问，"他们是把尸体用同样的方法运回去了吗？或者——不，前面还有痕迹。不过，前面不是尸体被拖曳的痕迹，肯定是被背着的。我想说，这里没有明显两个人的足迹，他们肯定是很小心地保留在同一足迹上。让我们再仔细检查一下。"

这一次，小路倒是没有分岔口，不过地势之陡峭让他们感到惊讶。这条路直接通往拦河坝的河道，径直下去，便是河边一片开阔的草地。河岸由坚硬的黏土垒成，就在这条路尽头的对面，他们发现一个清楚的凹痕，显然是由尖利的船头突然撞击地面而形成的。

"那么接下来呢？"雷兰德问。

"无须再问他们当时做了什么。他们没有再把尸体运到下游去，好让第一个搜查尸体的傻瓜找到。他们也没有把它放到对面的岸上去，然后不怕麻烦地把它拖过田野。他们把它运到上游的拦河坝，拖着小船和尸体一起过了岸，然后向上游划出去一点，将尸体放进了拦河坝的水中，当然，尸体上肯定绑了重物。他们恰恰是把尸体放在了那个没有人可能会去寻找的地方——就是在泰晤士河的另一条支流中，在泰晤士河道管理委员会设立船闸的另一面。"

"我的天呐，没错，他们就是那样干的。我们到拦河坝那边去找，看有没有什么痕迹，怎么样？"

"没什么用。那里都是坚硬的土质和平整的草地，找不到什么痕迹的。而且，任何一个不想支付船闸过路费的人都可以把他们的船拖到那里去。不好意思地说，上个星期，我自己也这么干过一次。不过，他们当时就是那样做的，他们当时肯定就是那样做的，除非他们是傻子。问题是，我们能不能在西浦科特船闸上游开始搜救工作？这样做不会被人认为是疯了吧？"

追 击

雷兰德已经下定决心，第二天要全力以赴去调查那个乘坐平底方头船的男人。布莱顿却决定要好好放松一下，此刻他正心满意足地翻看着雷兰德此前就这个案子做的一些前期调查笔记，此处不妨摘录一些，以飨读者。

在世的亲属：

（1）查尔斯·伯特尔太太，现在改姓哈弗福德，已经改嫁给一位美国律师朱利叶斯·哈弗福德，现居住在爱达荷州西二十四街五百三十一号。自改嫁后一直居住在美国。奈杰尔·B曾经在暑假和其他节假日去过那里,现在欧洲大陆旅行,地址不详。

(2)库尔曼夫人,约翰·伯特尔(祖父)的妹妹,兰开夏郡商人詹姆斯·库尔曼的遗孀,丈夫去世后给她留下一大笔遗产。现居地,沃灵福德布里姆利别墅。她尚未立下遗嘱,也没有子嗣,因此,德里克·B和奈杰尔·B是与她关系最近的亲人。打他们幼年起,她就没见过这兄弟俩,但对他们俩很关心。不巧的是,她现在重病,而且医生不允许有人去探望她。

"再没有其他重要的亲人在世。"

失踪的动机:

(1)因德里克之死,按照遗嘱约定,奈杰尔将毫无障碍地获得五万英镑的遗产,外加有望从"阿尔玛姑婆",即库尔曼夫人那里继承遗产。

(2)德里克可以通过成功消失躲避债主,但是这点只有通过与奈杰尔密谋才能实现,而前提是奈杰尔将成为遗产继承人。这点似乎不太可能,众所周知,德里克与奈杰尔两人关系素来不和。

(3)两人感情不和的根源无从追究,但是十八个月之前

135

一桩令人颜面尽失的爱情故事无疑加剧了两人关系的恶化。两兄弟原来是情敌，奈杰尔虽然赢了，但是姑娘却（服毒）自杀了。查阅当时的案宗。

（4）德里克（作为一个严重的瘾君子）可能只是希望逃离社会，但是他的失踪似乎过于复杂。

个人性格：

德里克是出了名的反应迟钝、懒惰、缺乏想象力，喜欢结交酒肉朋友，法语讲得很流利，沉溺赌博。奈杰尔自称信仰布尔什维克之类的东西，有点头脑，具有表演才能，一副放荡不羁的姿态，朋友们说，不用把他太当回事儿。

下一步的目的地：

德里克显然期望返回伦敦的公寓，那里有一大堆信件在等着他。奈杰尔的信件也被寄送到同一地址。难道奈杰尔打算在伦敦与德里克住在一起吗？他没在牛津的住所留下其他的地址，行李上只标明了（铁路标签）"帕丁顿"几个字。

被陌生人谋杀的可能性：

显然，德里克并没有与任何暴徒或死敌结下恩怨，除了奈杰尔之外，没有任何人存在杀害他的动机。不过，不排除有人觊觎库尔曼夫人财产的可能性。库尔曼夫人有一名养子，名叫爱（爱德华？）·范瑞斯，是朋友的遗孤，库尔曼夫人将其抚养成人，并一直与她生活在一起。库尔曼夫人立下遗嘱，将财产留给他的可能性也是存在的，但也许可能性很小。如果这样的话，他可能会有除掉伯特尔俩堂兄弟（除掉其中一个或两个都除掉）的动机。（注意，在伦敦找到给德里克的书信中，有一封是库尔曼夫人写给他的，在信中，她表达了希望德里克和奈杰尔重归于好的强烈愿望，因为有人告诉她，他们俩已经吵架了，这一点也许值得注意。）

当然，雷兰德还匆匆写了其他一些笔记，但是大部分内容对读者们来说都算不上是什么新闻了。布莱顿一边看着笔记，一边对雷兰德缜密的条理性和思维的敏锐性赞叹不已。他自言自语地说，你能看见雷兰德的质疑，就像自动收银机上的小数字一样跳跃出来。接着，布莱顿的思绪转向了库克先生，那是他在古郡旅馆里唯一的伙伴。库克先生在怀疑什么？或者说，他希望别人认为他在怀疑什么呢？如果可能的话，在不泄露（趁雷兰德不在场时）他们在岛上所发现的前提下，听一听库克先生是怎么看待这个话题，以及那些发现所证实或暗示的怀疑，一定很有趣。毕竟，勾起一个人的虚荣心可能是最容易的事情。无论如何，试试也无妨。于是，他下楼走进"壁炉室"，他路过看见这个题词时，不禁打了一个寒战。库克先生不在那儿，不过一个刚熄灭的烟蒂和一本翻看书页朝下、随意放在一旁的小说证明，他刚离开不久。布莱顿拿起小说，想看看，古郡旅馆这个有限又过时的图书馆里究竟有什么书迎合了这位美国人的口味。正是华伦的《一年一万》。"没错，"布莱顿自言自语道，"这本书正符合他的口味。"

片刻后，库克先生进来了。"啊，库克先生，"布莱顿说道，"我刚才正在翻看雷兰德就这个案子做的一些笔记。我确信，他不会介意，我提及一个可以帮助我们解决昨天那个小难题的事实。你知不知道，伯特尔兄弟俩有一位姑婆，很关心他们俩关系不睦的传闻，而且就在一个星期之前，她写信催促他们俩重归于好？"

"噢？"库克先生说，"这是一个很有趣的事实，不过据我观察而言，在生活中，我们做什么是一回事儿，而我们的姑婆想让我们做什么，又是另外一回事儿。"

"我同意你的说法，但是这位姑婆有些方面不太一样。她很富有，而且没有人可以继承她的财产——至少她夫家这边没有什么人。此外，由于她的名字叫阿尔玛，所以，我想，保守地猜测，她出生的年份可能在 1854 年之前。"

"你的意思是，她立遗嘱，处置自己的财产，马上要成为一个很实际的问题了，对吗？呃，事实就是如此。所以，你的意思是，这两个年轻人一起去泰晤士河旅游纯粹是装出来的，目的是让他们这位姑婆相信，他们就像老校友一样相处融洽？"

"喔，这种可能性还是存在的。喏，假设他们吵了一架，从我们听到的所有情况来看，这种可能性是极大的。假设在他们旅行的最后一天，堂兄德里克说他再也无法忍受了——在到达过夜的旅馆之前，他便下了船，独自去某家旅馆住了。那位堂弟也无意叫他回来，于是继续前往事先商量好的目的地。然后，在他去旅馆的途中，他突然怀疑，万一阿尔玛姑婆——她就住在离牛津不远的地方——问起来他们这次旅途，结果发现，他们最后是分别在两个旅馆度过的，怎么办呢？如果相对而言，一个小小妙招就能制造他们两人一起在那家旅馆过夜的假象的话，那冒点风险也是值得的吧？"

"布莱顿先生，我首先应该称赞您非同凡响、细致入微的分析。不过，如果你问我的话，我认为，还需要一个更加有说服力的动机来解释这个年轻人的行为。我已经研究过许多案件的卷宗，我深信，人除非处在绝境中，否则不会采取不计后果的手段。现在，当你发现这种花招就发生在一起重大死亡事件前夜时，难道它不曾让您想到，正如它让我所想到的一样，这起死亡事件是可预见的，而正是为了努力避免死亡的发生，他们才不得已采取那种欺骗手段的吗？"

"没错，这个推断很合理，十分合理。只要能够做到，就尽量不要乞求巧合之事。你认为，德里克·伯特尔早就知道有仇敌一直在跟踪他吗？据我所知，我们并没有证据证明有这样的仇敌存在。"

"那个年轻人似乎一直生活在一个放荡不羁的世界，这给他带来许多坏处。警方也不可能对他卷入的是非纠葛全都记录在案。而且，要记住一点，他是一个很有钱的人。"

"只是有希望成为有钱人而已。在他满二十五周岁之前将其谋杀，无异于杀鸡取卵。"

"确实如此。不过，一帮恶棍尾随其后，想要把他杀死或绑架，然后冒充他本人去拿这笔钱，也不是完全没有可能的。布莱顿先生，您可能不知道，在我们国家，绑架几乎快变成一种被认可的谋生手段了。不过，我不敢说，这个案子可能是绑架，也可能只是私人恩怨而已。但是，在我看来，一个人假装要在一个特定的地方住宿，然后派另一个人到那里去冒充自己，这时候就意味着，那个人正有生命危险，因此，他担心在任何地方住宿都不安全，只有避开那个地方才行。"

"你这个想法很有意思。不过，假设它是对的，为什么他堂弟会愿意将自己置于这个危险的境地呢？无疑，凶手也可能会把他当成是他的堂兄而错杀了。"

"我已经想过这一点，我来告诉你，我是怎么想的——德里克不知道那些追踪他的人离他究竟有多近。他认为，那天晚上这帮人离他还没有那么近，不足以对他造成什么伤害。不过，他希望留下一个假的行踪，引开追踪的敌人。他希望，他们继续跟着独木舟沿河而下，而他本人已经下了船，并且偷偷地溜到伦敦，或是去了他自认为安全的其他地方。"

"但是，第二天，他确实又重新回到那条独木舟上了。至少，事实确实如此，除非我们所有的证据都是错的。"布莱顿沉思了片刻，想起了卡米尔克先生和他关于肥皂人体模型的揣测。

"正是这一点让案情变复杂了，不过，我可以从两个方面来解释这点。要么，他改变主意——比如听到什么消息，如此防范，似乎没有必要；要么，他在耍两面派的花招，这种可能性更大，不知道您是否理解我的意思。这些人都是十分精明的家伙（他会这么认为），不可能会被这种老掉牙的伎俩所蒙骗。如果那帮人到这里来打探，很快就会清楚，他其实并没有在那家旅馆住宿，他们会认为，他试图甩掉他们，然后跑到伦敦。再说，那条破旧的独木舟对他非常有利，因此，第二天早晨他又回到了船上。"

"根据你的描述，那帮恶棍似乎都具有非常缜密的思维。不过，我敢说，你是对的。而且，你认为，事实上，追踪德里克的人比这个可怜的家伙想象得要近得多，对吗？因此，就在第二天早上，他们追上了他，然后杀了他？"

"我就是这么想的。他们一定离他非常近，一直都在尾随他，只是一直没有露面，直到他的堂弟离开独木舟之后才出现。"

"不过，还有另外一种情况——假设奈杰尔·伯特尔毫无危险地逃脱了追踪其堂兄的那些人，他是否还会有另一种更可怕的危险，也就是，被人误认为是他们同伙的危险？"

"他们的同伙？我恰恰不明白，被认为是同伙怎么会有这么大的危险呢？"

"唉，陪审团也是普通人呀。这位年轻人是他堂兄唯一的同伴——他一下船，堂兄就被谋杀了。当他的堂兄没有在约定的地点出现时，他表现出一种极为可疑的焦虑，与他平常的行为极不相符。根据我们观察到的事实，他一直很小心地通过不在现场的证据来掩饰自己的行踪。在米林顿桥那家旅馆发生的一切表明，他知道自己的堂兄正处于危险之中，而他采取了什么措施去避免这种危险了吗？恰恰相反，他静悄悄地退了出去，以致让凶手们逮着了机会。如果这是一起谋杀案，他就是这起谋杀案唯一的受益者；如果这是一起绑架案，绑架者们将无法进一步实施计划，除非他们设法收买他。难道所有这一切加起来，还不足以构成对年轻的奈杰尔相当不利的指控吗？"

"哦，对，从理论上讲是没错。不过，按照司法程序，除非抓到主犯，否则不能控告某个人为同犯。你必须得先抓到主犯，然后让同犯与主犯当面对质。而且，除此之外，他手中或许还有一张王牌，而我们则一无所知。只有找到他，我们才会知道那是什么。可是他在哪里呢？如果你认为我是在批评贵国杰出的警察部门，请原谅。但是，你不觉得警方对他的失踪太过小题大做了吗？一个像他那样有不在现场证据的人，应该不希望，因为自己跑到南美洲去，而引起警方的怀疑吧。"

"你的意思是凶手……"

"我没说过这是一起谋杀案。我只是说，这两位堂兄弟相继失踪，天晓得，老伯特尔的遗产会落到谁的手中。如果我们能够抓住那些让其中一个失踪了的人，不就等同让两个人都失踪的那些人也一起抓到了吗？这种推测难道不是很自然的吗？"

"我怀疑，雷兰德有没有想到这一点。如果我是你，我一定会向他提及这个想法。不过，奈杰尔的失踪好像有一种故意为之的感觉。他买了一张乘这趟火车的票，结果却上了另一列火车。"

"哎，如果你认为，坏蛋们不会在站台上强迫他们追踪的人上错车——让他误以为自己上对了车的话，那你对他们的了解真是太少了。呃，我看过一个案子，他们仅仅为了找到一个人，就把一节车厢上的标签都换掉了。不过话又说回来，你似乎一心想要把所有的过失都推给这位不幸的奈杰尔。如果他悄悄地上错了火车，你就说他是在躲避警方；如果他知道是凶手在追踪他的话，那为什么他不可以是在尝试

143

躲避凶手呢？”

　　“没错，你说的这些都合情合理。请注意，我认为你的推测大多是得自于你在美国的经验。在我看来，英国的罪犯们通常并没有那么聪明，他们也不具备相互配合的能力来实现如此巧妙的计划。”

　　“谁说过他们是英国人呢？难道我们没有从报纸上读到过，这个德里克·伯特尔是在法国南部长大的？请注意，我给出所有的这些建议，都是建立在最有可能性的推断上的。我只是一个谦卑的业余侦探而已。”

乘平底方头船的人

　　雷兰德直到周一早上才回来，他来到古郡旅馆时，发现安杰拉已经回来了。很明显，他有点失望。

　　"这个案子毫无进展，"他解释道，"什么也没有按照原计划进行。通常来讲，有什么比追踪一个乘坐平底方头船的人更容易的事呢？他肯定会路过一些船闸，肯定是沿着主河道逆流而上——毕竟你不可能坐着一条平底方头船到温德拉什去吧。在一年当中这个季节，他也不可能把船留在任何地方而不被人发现的。可是，我却没有找到他一点蛛丝马迹。"

　　"可怜的雷兰德先生，"安杰拉说，"你是从牛津开始找的吗，还是别的地方？"

"是的，我很自然会从泰晤士河上游一些租船的地方开始，但那没有花太多时间。我找到了那个租船给他的人，事实上，伯特尔兄弟是从同一个人那里租了他们的独木舟。那是一条很大的平底方头船，船上有一个遮阳篷，足以让人睡在船外面。那个人似乎当时在船上装了很多瓶瓶罐罐的东西，好像是打算自己做饭吃。他付了定金，租用这条船两个星期——他使用的姓名是卢克·华莱士，留的地址是克里克伍德的某个地方。我立即去了克里克伍德走访——作为警察有一些优势的地方——以及那里的车站，但是询问之后，在那一带的任何地方都没有找到一个叫这个名字的人。听起来有可能他留了一个假地址，我当时想的是，我们不是在追踪某个普通度假的人。我查到那个人租船的具体日期，看起来，他在到达西浦科特船闸口时，已经在泰晤士河上度过了两个晚上。那也很自然，因为他不赶时间。我问过从西浦科特到牛津之间的所有船闸，看看是否有人能够给我有关此人的信息，但是他们似乎都只能记得他路过船闸的情形，其中有一个船闸管理员非常自豪地告诉我，他过船闸买票的票根号是 F.N.2——好像有什么帮助似的。"

"聊胜于无啊，"布莱顿建议说，"说不定，你可能会在某个地方找到他的过闸票根呢。"

"没错，但是谁会为了一张过闸票而大伤脑筋呢？他并不打算再回到那里去，也许他可能在当时当地就把过闸票扔到水里去了。不过，我得到了他的票根号。而且，当然我们也知道他在西浦科特船闸的票号，因为他就是在伯特尔兄弟之前那个过船闸的人。至于那些旅馆，没有人见过他。"

"可怜的家伙，他肯定一直在用炼乳之类的东西充饥。"安杰拉说着，不禁打了一个战栗。

"噢，但是在西浦科特船闸上游，他似乎完全改变了他的行事方式。比如，在米灵顿桥旅馆——我不明白为什么女店主当时没有告诉我们这个情况——他进旅馆点了一份早午饭，大概是十一点半左右。现在，请注意——此人是在九点之前路过西浦科特船闸的。他在午饭之前所行的距离，恰好是伯特尔兄弟在他们吃早饭到九点之间这段时间所行的距离。当然，一条向下游去的独木舟与一条往上游走的平底方头船的行走速度是有区别的。我猜，这两个地方的距离大概两英里——或者更短一些。没有理由表明，在一个炎热的早晨，乘坐在平底方头船里的朋友怎么会感到精力充沛。但是，我们很自然会想到，当谋杀发生时，他可能正在西浦科特船闸附近逗留。这让我更加急于想要见到他。"

"他有没有对伯特尔兄弟的行踪表示出什么兴趣呢？"布莱顿问。

"这就是不同寻常之处了。在这之前，他都没有住过旅馆，也没有在船闸处问过任何问题。但是，过了西浦科特船闸之后，他似乎就露出了尾巴，就像一个……像一头站在草地网球场上的大象。例如，在米灵顿桥旅馆，他问了许多关于伯特尔兄弟俩的问题，比如，他们在那里住了多久，他们两个人彼此见面是否频繁等。他当时问的是旅馆的女服务员，不是女店主。我猜，要不然，女店主肯定会提到这点。他甚至还问，是否有很多人看见他们两个人在一起。当然，所有这些问题他都是在伯特尔失踪的消息出来之前问的。之后，他便离开，往泰晤士河上游去了。"

　　"你确定，他是往上游去了吗？"布莱顿反驳道，"米灵顿桥的那个酒吧离泰晤士河道有相当一段距离，在酒吧，他们不可能看得见他。"

　　"是的，不过桥附近一个租船的地方，负责那地方的人看见他往上游去了。当然，后来他还记得这件事，因为伯特尔失踪的消息传出来后，在泰晤士河上的所有人都开始想起当天所发生的事情，以及很多并没有发生的事。我问他，之前究竟为什么没有提及那个乘平头方底船的人——为什么他当时没有向警察说起这个人。他说，他压根就没想起来，因为那起意外发生在下游很远的地方，而撑着方头平底船溯河而上的那个人，不可能出现在事发现场的附近，然后还能在十一点半的时候到达米林顿桥的。当然，他说得没错，你知道，那个人没有理由认为，西浦科特船闸发生了什么可疑的事儿。无论如何，他对那个坐着方头平底船的人往上游去了这一事实是有绝对把握的，因为他记得曾和某某老先生讨论过这件事，如果我不信，可以去问某某老先生。我并不担心他说假话，这条线索听起来还蛮靠谱的。我沿着泰晤士河往上游走，一直走到下一个水闸。在路上，我经过一个破败的旅馆，于是我就走上前去打听情况，想碰碰运气。我想，那家旅馆的名字应该叫作'蓝牛旅馆'吧。"

"我记得那家旅馆，"布莱顿说道，"伯特尔兄弟就是在那里吃的晚饭，并在当天晚上抵达米林顿桥。你还记得吧，安杰拉？"

"是的，如果你还记得的话，我们当时还猜测，那么晚他们在那儿还能吃到什么东西。"

"坐方头平底船的那个人也去那里了吗？"布莱顿问道。

"是的，实际上他是去取信的。不过那里没有信，他只收到一封电报。这封电报是发给一个叫作华莱士的人——这个名字和他在牛津租船时留下的名字一模一样。我猜，应该是个化名。他一读完电报，就要了一份铁路指南和一张公共汽车时刻表。他要了杯茶，喝茶的时候，开始问及伯特尔兄弟一系列同样的问题——他们一起吃的晚饭吗，一起离开的吗，等等。喝完茶，他就上了船，向下游出发了。"

"所以你又到下游去了一趟？"

"没有，为了把情况弄清楚，我去了河上游的另一个船闸。那个船闸管理员十分肯定地告诉我，那个时间段里，没有任何方头平底船出现过。那时候，德里克失踪的消息已经发电报通知他了，当时，他还亲自到下游去帮忙找过德里克。他不在的时候，他的妻子负责照管船闸。他离开期间，她从未打开过船闸。而且，在他往下游去西浦科特船闸的途中，没有碰到任何一只那种类型的方头平底船。伯吉斯也同样十分肯定，那只经过西浦科特船闸的方头平底船绝对没有再返回过，这很容易断定，因为如果那个人打算返回的话，他会出示自己的过闸票证。所以，你看，坐方头平底船的这个人似乎在西浦科特船闸和位于其上游的船闸之间突然消失了，连同他的船一起，都不见了。"

"难道他像阿拉伯人一样，把船折叠起来，然后悄无声息地消失了？"安杰拉提议道，"不过，我猜，你一定找过那条船吧？"

"正是这样。我租了一条船，雇了个船夫，我们划着船一路向着下游来到西浦科特船闸。我们在那些树枝都垂到河里的树丛下找——我们把米林顿桥所有的船只通通查了一遍。为了找到这条可恶的方头平底船，我们什么都做了，只差跳进河里去找了。不过，有一件事十分确定——我打算用拖网在上游地区打捞一遍，就算人们以为我精神不正常，也顾不了那么多了。"

"那个人的长相是什么样的？"布莱顿问道，"有人向你仔细形容过他的长相吗？"

"他们对他的长相倒十分清楚。他们一致认为，他看起来是一个体格十分健壮的人，胡子刮得精光，头发黝黑锃亮，个头比一般人高很多——其实，他们也并不十分肯定（根本就没肯定过），不过，这已经足够将许多嫌疑人排除在外了。自然，我也特意查清了他是否独自一人，比如，这一路上他的船篷是不是打开的，所以，也许还有另外一个人藏在船里面呢！就所有见过他的人回忆，他们似乎一致认为，他是独自一个人。实际上，伯吉斯对此更是十分肯定。"

"噢，天呐，让我们来重新梳理一下这个疯狂的案子吧。安杰拉，你离开之后，我们在这件案子上有了一些进展，所以你不许打断我们。"

"我绝对会保持安静的。顺便说一下，你们结束后，记得提醒我告诉你，约翰对那个巡视者的看法，真的十分独特。不过，现在，就用你们自己那笨办法解释吧。"

"好吧，那么，"雷兰德说道，"我们最好先从这里开始，假定奈杰尔和那个来历不明的人——我们姑且叫他华莱士吧，就像他旅行时用的这个名字——假设奈杰尔与华莱士串通一气。星期一早晨，奈杰尔假装两个人住了两间房，并结了账，之后，离开了米林顿桥旅馆。他在某个地方接他堂兄上了船，而那个时候，他的堂兄可能已经死了，或者至少是中了毒。他划着船往下游走，一直到西浦科特船闸，然后就在水闸上游处超过了他的同伙，毫无疑问，他们假装互相不相识。"

"等一下，"布莱顿说，"他们是事先安排好在那里见面，还是偶然碰上了？"

"我想，一定是事先安排好的。很明显，奈杰尔有坐九点十四分那趟火车的打算，所以，他们没有理由不事先安排好见面的确切时间。此外，从接下来的事情来看，他们似乎对周遭的地形了然于胸。我们知道，奈杰尔离开船闸前往火车站，他在离开之前，很可能使劲推了一下那条独木舟，把它推进航道中。现在，他的任务暂时结束。与此同时，华莱士把他的方头平底船系在西浦科特闸口上游的某个地方，然后沿着河岸走到下游，将那条漂流着的独木舟截住。那么，他是从哪边的岸上走的呢？当然是西面的河岸，靠近拦河坝的那一侧。这样，他就不必游过拦河坝处的支流了。经过伯吉斯的住处也不会有太大的危险，因为那个时候伯吉斯正忙着开水闸呢。"

"没错，不过如果他那么做的，为什么足迹在铁桥靠岛的这边呢？为什么不在靠近陆地的那边呢？如果你的解释是对的，那里才是他想要爬上去的地方呀。"

"你忘了，他必须得把自己活动的据点放在岛上，以便处理尸体。他沿着西岸来到下游，穿过了那座铁桥，然后做了我们原以为是奈杰尔做的那一切。他脱掉衣服，爬上了铁桥，由于从草地里走过，所以当时脚是湿的，无意中误拍了一张自己足迹的照片（第五张），然后又拍了另一张漂浮着的独木舟中德里克尸体的照片，也就是第六张照片，这是特意拍的。然后，他又爬下铁桥，把照相机放在船上，将独木舟推入靠岛这一边的河岸，重新穿好衣服。他把尸体从独木舟里搬出来，搬到离岸较远的地方之后，拖着它穿过蕨丛。来到小岛的尽头，把它扔在那片光秃秃的地面上。到目前为止，他还没有出过什么差错，对吗？"

"不，有一个，而且是一个非常严重的错误。把尸体搬出独木舟的时候，他让那个钱包从口袋里滑出去了。这一点，还有那张桥上足迹的照片，让我们认为，岛上曾经发生过什么肮脏的交易。他们想让我们认为，整个事件发生在更远的下游处。"

"确实如此，他们还把那卷胶卷正好丢在小岛中央对面的地方，当然此举肯定也是故意的，对吗？"

"没错。不过，他们是想借用那卷胶卷来标记那个地方的吧？我想，他们原本是想制造这样的假象：胶卷是某个沿着纤路赶路的人无意间弄丢的。"

"是的，这样解释更合理一些。接着，华莱士回到独木舟中，把船划到下游去，在船底凿了个洞，之后便逃走了。在回到方头平底船的这一路上，他一定走得非常艰难。接下来，他询问了许多问题，糊弄周围的人，直到德里克失踪的消息开始传开。那正是他采取行动的信号：深夜时分，当寻找德里克的叫嚷声将泰晤士河搅得一片乱糟糟的、足以掩盖其行踪时，他上了另一条独木舟，来到上游那个小岛，在小岛靠拦河坝支流的一侧，把尸体弄到独木舟上（这时奈杰尔可能在场，也可能不在场），将船划至拦河坝处，把尸体拖过拦河坝，最后在西浦科特船闸上游的某个地方将尸体沉入水中。不过，还有两点比较费解——他是如何处置那条方头平底船的呢？再就是，他是从哪里以及怎样弄到第二条独木舟的呢？通过搜索河床或许可以找到第一个问题的答案。第二个问题的答案其实也不难，此地有许多独木舟，在德里克失踪的那个晚上，大多数独木舟都出去找人了。奈杰尔很容易就能搞到一只，然后交给同伙。这也是我十分确信奈杰尔自始至终参与了这件案子的原因之一。"

"关于这一点，我得好好考虑一下。不过，库克老兄对此有完全不同的看法。"接着，布莱顿把那个美国人在前一天早晨所做的种种猜测详细讲给雷兰德听。"我们还没有找到任何确凿的证据，可以证实奈杰尔参与了此事。我们无法证明，在通过西浦科特船闸时，德里克·伯特尔已经无力自救，尽管看起来像是如此。我们无法证明，奈杰尔和华莱士在西浦科特船闸那里有一次预先安排好的会面。正如库克指出的，对方可能在那个时候看到奈杰尔离开，而且认为这是他成功实施自己计划的绝好机会。我们仍然不理解，他为什么要拍那张照片，很难判断华莱士，或是任何陌生人，能从这张照片的存在得到什么好处。即使我们能找到奈杰尔，也还是不能将绞索套住他。与此同时，尽管有令人厌烦的嫌疑，我还是坚持认为，有两件事情我们还没法解释。"

"我知道一个，先生，"安杰拉打断了他的话，她模仿着课堂上某个鲁莽男生的样子，将手举过头顶挥舞着，"是第二个钱包——它是怎么出现的，以及它是怎样恰巧在那个地方落入河中的？"

"第二部分不重要，"她的丈夫回答道，"如果他有另一个钱包，也许是掉在独木舟里了，当独木舟沉入水中之时，它也随之掉了出来。或者它是被当作一个幌子扔到了那里。不过，我们还是不知道他为什么会有两个钱包。"

"那么，另一个难点是什么呢？"雷兰德问道。

"我们还不知道，那天早晨九点一刻之前，从三角帆农场经过的那个人究竟是谁。不是奈杰尔，因为农场不在他预定的路线上；也不是德里克，因为他已经死了；也不是华莱士，因为他不可能在那个时间赶到那里。这个问题依然让我担忧。"

"这个问题，你们最好问一下库克先生。"安杰拉建议道。

一笔新遗产

在上一章记录的那次谈话之前的周六，库尔曼夫人，已故约翰·伯特尔爵士的妹妹，在睡梦中安详地过世了。

我很抱歉，在这个故事中，许多人物一出现就不得不消失。不过，库尔曼夫人的死至少没有任何神秘之处。库尔曼夫人已经七十二岁了，一段时间以来，她的身体健康每况愈下。毫无疑问，她死于心脏衰竭，诊断书上也是这样写的。正如我已经指出的那样，她与两个侄孙的熟悉程度，其实非常有限。她所处的环境和生活圈子与他们的截然不同。她成长于大英帝国的鼎盛时期，一直被人爱慕追求；而她与兰开夏郡一位制造商的婚姻更是以一种热烈的方式抬高了她的名望。如果她的哥哥约翰·伯特尔爵士以其世纪末的观点惹恼了两个孙儿的话，那么妹妹对待生活的态度更加难以与两个侄孙意气相投。因此，进入叛逆期之后，德里克和奈杰尔就再没有去看过她。从两人结交的朋友以及他们性格中一贯的放荡不羁来看，他们从她的生活中彻底地消失也就容易预料了。

此外，尽管是个寡妇，无儿无女，库尔曼夫人却通过收养别人的孩子成为母亲。她的养子爱德华·范瑞斯幼年时便成为孤儿，是她给了他一个家，供他接受教育；是她，为他在商界谋到了一份极好的差事；没过多久，也是她，坚持让他辞去那份工作，担任自己的私人秘书，侍奉自己安度晚年。她的朋友们想当然地认为，可能范瑞斯本人也是这么认为的，她的养子将成为她的遗产继承人。不过，人上了岁数，总是会经常想起儿时对家人的眷恋之情，以及对青春岁月的美好回忆。她曾经一直特别依恋自己唯一的哥哥，这种依恋之情后来延伸到他的儿子们身上，尤其是他的长子约翰。当她失去所有这些维系的亲人之后，年轻时对哥哥和侄子的喜爱之情似乎又重新燃起，她对侄孙德里克的前程表现出一种徒然神往的关切，她的脑海里还存留着他小时候那副单纯无邪的天真模样。她四处打听他的消息，德里克的老师和朋友们回答时要么言辞闪烁，要么好心推诿，这本是预料之中的事。如果太过如实地描述这个不中用的年轻人的生活习惯，一定会吓坏了这位身处上流社会、一贯养尊处优的贵妇人娇贵的耳朵。德里克一直恣意生长着——她只得到这样的结论。这一委婉的说法唤醒了她内心深处一种母性的同情，所以她越发喜爱这个想象中的德里克，因为他正需要"某些东西使他稳定下来"。

爱德华·范瑞斯毕竟也是人，因此，他应该是不可能心甘情愿地赞成库尔曼夫人向德里克表示的友好姿态。不过，我们应该向他的利他主义，或者也许是他的深谋远虑表示敬意，这位老夫人没有从他那里获悉任何有损德里克声誉的事实，只听爱德华说过德里克和奈杰尔长期关系不睦，而这也是众人皆知、无法隐瞒的一个事实。正如我们已经看到的，她最近刚刚表达的愿望之一，就是希望这对性情不相投的哥俩能找到更多的共同点，而就是为了满足她的这个愿望，这次的泛舟之旅才得以成行。我们可以肯定，德里克没有忘记告诉姑婆，他已经顺从了她的意思。德里克失踪时，他的姑婆早已重病缠身，医生不允许这个可怕的消息传入她的病房，报纸也很小心地被藏起来，不让她看到。因此，她死的时候还满心以为，约翰·伯特尔的两个孙子已经重修旧好，而对于此次重修旧好所造成的悲剧却一无所知。

正是在这种一知半解的状态下，她立下了自己的遗嘱。她的养子——她为他造就却又毁了他的前程——她保证，会让他获得一笔数目可观的遗产。至于剩余的全部财产，也就是将近十万英镑，悉数留给她的大侄孙，即他所钟爱的侄子约翰的儿子。律师的策略在此时可谓发挥到了极致。他坐在她病榻旁时，已经知道，半个英格兰的人都把德里克当作亡命之徒，在疯狂寻找；而另一半的英格兰人则早已认定他是死人一个了。他知道，提及任何一个说法，都可能加速客户的死亡。然而，这份遗嘱，若按着她刚刚粗略地描述，极有可能跟没立一样。律师吞吞吐吐，使出浑身解数，反复强调着那一大堆冗长又复杂难懂、足以欺骗外行的法律手续。他说，如果不指明其他遗产承受人，会严重违反法律惯例，那样订立遗嘱是绝对不行的。或许，可以在遗嘱中提及奈杰尔·伯特尔的名字？令他惊讶的是，库尔曼夫人的态度很坚定。几个月前，她的一位家族好友鼓励她买了一本奈杰尔创作的诗集《普拉萨加帕拉姆的月亮》。奈杰尔原本指望，用出售诗集的收益来支付他在牛津大学的欠账。这本书被送到了阿尔玛姑婆的早餐桌上，她从头到尾读了一遍。无论诗中表达的情感还是其表达情感的方式，都不适合这位七旬老人的品位。这位依然活在维多利亚时代，行将逝去的老夫人双唇紧闭，同意指定爱德华·范瑞斯作为可以接替德里克的其他遗产继承人。

起草这份遗嘱的律师事务所正是代理德里克个人财产的那家事务所。雷兰德已经花了很长时间，认真地向他们咨询过德里克的财务状况，因此，他们知道，雷兰德代表警方负责调查此案。他们把礼仪抛到九霄云外，直接给雷兰德的牛津地址写了一封"加急"信，详细说明了情况，同时询问警方希望他们采取什么行动——是否需要将遗嘱中的具体条文公之于众？这封信直接被人骑摩托车送到伊顿桥，此时，雷兰德正和布莱顿夫妇一起待在他们的房间里，他立刻把信拆开。

"我们必须和库克先生谈谈此事。"当雷兰德大致说明了一下具体情况后，布莱顿的意见完全出乎意料。

"库克先生？他和这件事有什么关系吗？"

"噢，你知道，这件事将支撑他的推理。就在昨天，他还坚持认为，我们没有证据归罪于奈杰尔·伯特尔。在他看来，这堂兄弟二人正被某个人或是一伙人所追踪，这帮人势必可以从德里克的死亡中受益。根据我的判断，当时我向他指出，只有奈杰尔才能从德里克的死亡中受益，那笔五万英镑的遗产将由他来继承。但是，事态的新发展改变了整个案子的格局——当然，前提是老夫人的意图已被外界所知。这是一笔数额更大的遗产，是德里克原先要继承遗产的两倍，而这笔钱根本没有奈杰尔的份儿。"

"你的意思是说，假如德里克·伯特尔还活着，确切点说，假如他星期六还活着，这十万英镑就是他的，而且奈杰尔也是这笔遗产的继承人？但是，如果德里克·伯特尔在上星期六之前就已经死了的话，所有的钱就归范瑞斯了，而奈杰尔跟你我一样，根本没有资格得到这笔钱，对吗？"

"我想，情况就是这样的。请注意，这份遗嘱上周三才刚刚订立。不过，假设奈杰尔事先知道，或是准确地猜到他的姑婆将怎样处置自己的财产，那他绝对没有理由谋杀自己的堂兄。在这一点上，我和库克的看法完全一致。只是，奈杰尔事先到底知不知道呢？"

"与此同时，雷兰德，还有一个人你要密切注意。如果有人在上个星期或不晚于这个时间就想谋杀德里克·伯特尔的话，那个人非爱德华·范瑞斯莫属。"

就在这时，门开了，库克先生朝房内看了一眼，发现他们在密谈，正打算退出去，但是安杰拉赶紧叫住了他。"好家伙……库克先生！"她叫道，语气中带着些许轻薄之意，"你现在可以进来。来自大西洋彼岸的方法又一次应验了。"

"是吗？"库克先生平静地说，"想不到我那几句无足挂齿的推论竟然有助于解开这个一级难度的谜团，真是深感荣幸。不过，我会记得我当时提的条件，雷兰德先生，我不会要求你提供任何超出'线索'范围的事，只要你能让我了解事态发展的真实情况就好。"

"哎，库克先生，"雷兰德答道，"我认为，没有任何必要向你隐瞒，我们最新获得的消息，它很快就会成为我们共同的财富。我猜，布莱顿之所以没在意你昨天对此推论所做的解释，是因为你认为奈杰尔·伯特尔既不可能是凶手，也不可能是凶手的同谋。当时，他认为，除了奈杰尔之外，没有任何人有除掉德里克的动机。现在的情况是，上周三有人拟定了一份以德里克·伯特尔为继承人的遗嘱，如果他还活着的话，这将使他成为一个十分富有的人。"

"那么，如果他死了呢？"这个美国人一边擦着眼镜，一边问。

"如果他死了，有机会获得这笔钱的不是他的堂弟，而是一个他不认识的人——一个名叫范瑞斯的人。此人深得立遗嘱之人，也就是这堂兄弟二人姑婆的信任。你自己也可以看得出来，如果可能的话，这个范瑞斯有除掉德里克·伯特尔的强烈动机。"

"这么说，这份新的遗嘱和奈杰尔没有任何关系，对吗？"

"除非他的堂兄在老夫人去世时还活着，也就是上周六。那样的话，他也许可以成为堂兄的遗产继承人。"

"与巨额遗产相关的暴力犯罪在美国是很普遍的，"库克先生说着陷入了沉思，"在我们国家，这被认为是主要的犯罪动机之一。不过，你们看这里，伯特尔堂弟是否知道他将获得这笔遗产呢？因为，如果他不知道的话，他就不可能知道有凶手在追踪他。如果不知道有人在追踪，就不太好解释他在米林顿桥的古怪行为了。"

"而且还有，"布莱顿说，"如果他知道，他们追逐的目标是他的钱，而且必须赶在阿尔玛姑婆死之前，将自己杀掉才可以碰这笔钱的话，他为什么不采取更好的防范措施呢——比如，寻求警方的保护？坐着独木舟在泰晤士河上旅行，身边只有一人陪伴，而这个陪伴的人对自己还很不友好，这难道不是在自找麻烦吗？"

"在这点上，我不能说完全同意你的看法，"库克先生回答道，"有些人，如果听说职业杀手正在外面追踪他们，他们似乎对于靠着自己聪明的头脑躲开追踪颇为得意——我认为，这是人类热爱冒险的一种本能。再者，请记住，在河上旅行也不失为一种将追踪者甩掉的好办法。除非他们打算向你开枪，否则，如果不租上一条船，他们是不可能坐着船跟踪你的，而一旦租船就会引起别人的注意。如果他们沿着河岸跟踪你，你就一定有机会在另一侧的河岸上岸逃掉。不，我自己想不明白，德里克·伯特尔究竟是怎么知道有人想要他的命。如果这份遗嘱是上周三才拟定的话，那么看起来，这位姑婆的内心似乎不太清楚在遗嘱中该如何处置自己的财产。然而，在她下定决心之前，这起谋杀案似乎已经发生了。"

"确实如此，你知道吗，布莱顿，"雷兰德说，"如果把你放在这个年轻人范瑞斯的位置，即使假定他是个老练的罪犯，他会去冒险杀一个最后证明完全没有必要的人吗？"

"正所谓'机不可失，时不再来'，"布莱顿反对道，"她身体不好，假如她的健康状况进一步恶化，那时候范瑞斯离开她，绝对不合时宜；

如果一旦她去世了，即使是将德里克杀害，他也得不到一分钱。"

"那么意思就是，"雷兰德说，"范瑞斯不仅知道德里克·伯特尔是这笔遗产的继承人，而且还知道自己是第二继承人。他能确定这一点吗？比方说，他能确定奈杰尔·伯特尔不会是第二继承人吗？"

"你现在似乎决意要为奈杰尔开脱责任，"布莱顿回答道，"尽管库克先生的推论很有道理，不过，在我看来，仍然存在一种奈杰尔插手其中的可能性。"

"什么可能性？"库克先生尖锐地问道，"难道不是奈杰尔在米林顿桥同意假扮德里克·伯特尔，用这种方式将追踪者引开的吗？"

"是的，"布莱顿冷冷地回答道，"不过，如果与此同时，奈杰尔告诉范瑞斯这只不过是虚张声势而已，难道会对奈杰尔造成任何伤害吗？难道不可能是范瑞斯和奈杰尔·伯特尔从一开始就设好的圈套——奈杰尔实际上是在将其堂兄引入危险之中，却还假装在保护他吗？难道就没有可能，是他和范瑞斯商定一起将这笔钱平分掉吗？奈杰尔无论如何都会从原来的那笔遗产中拿到五万英镑，至于阿尔玛姑婆的那笔遗产，最终会落入他和范瑞斯的手中。"

"呃，"库克先生说道，"你们还没找到那个奈杰尔。我似乎看到一个关联性很强的事实，库尔曼夫人在周六去世的，而奈杰尔·伯特尔在周四就失踪了，这难道看起来不像是谋杀罪行吗？这难道不像是证明范瑞斯决定不冒任何风险，要在老夫人的遗嘱生效之前，将这堂兄弟二人除掉吗？"

"这是一个不错的点，"安杰拉说，"不过，我可饿死了，要去吃午饭了。"

布莱顿玩单人纸牌游戏

午饭后，雷兰德匆忙赶去牛津乘坐三点十二分的火车。他说，去见律师事务所的人对他很重要，回来的路上，他有可能要在沃灵福德逗留一下。库克先生出人意料地要求搭雷兰德的车一起去牛津，他的想法是，或许可以追查一下那个坐方头平底船的人在出发去泰晤士河之前的行踪。他为河上旅行而准备的食品及其他必需品很有可能是在牛津买的，商店里的人或许还记得他。雷兰德赞同，认为这样的调查最好以个人的方式进行，因为在事情尚未得到证实之前，他不想搞得满城风雨，不想让人知道警方的疑虑。布莱顿也赞成他去，还委托库克先生在牛津为自己办一件事，至于到底是什么事，尽管安杰拉死乞白赖地追问，她的丈夫却始终三缄其口。

最后，当只剩下他们夫妇二人时，布莱顿坚持说，他们必须给自己放个假。他说，厌倦了伯特尔这个姓氏，早就对这堂兄弟二人现在或是将来的下落没有丝毫兴趣了。他们要忘掉这些烦恼，花一下午的时间在温德拉什河上"流浪"。安杰拉拥有一种女性少有的天赋，无须伪装就可以与男性的情绪不谋而合。因为他们完全不用考虑什么，所以这一天过得尤其开心。如果说泰晤士河以其舒适令人忘却烦恼，那么其支流温德拉什就无疑更是一剂疗效甚佳的良方了。如果你想要在这汹涌的水流中逆流而上的话，那么浅滩处奔腾的水流，突然出现在水中的弯道，悬于河上树荫中暗藏的危险，都要求你必须完全集中注意力。在泰晤士河上度过一个下午，就像是和一个可靠而又成熟的老朋友待在一起，即使沉默也能让你精神振作。而在温德拉什河上度过一个下午，就如同和一个坐立不安而又好奇爱问的孩子在一起度过。你只能在无休止的纷扰中求得片刻的宁静。一路上，在返回古郡旅馆之前，麦尔斯和安杰拉两人被荨麻刺痛，被黑莓灌木划伤，被脚下的大鳍蓟折磨，还被头顶上的柳树条鞭打，甚至被突然满起来的河水弄得浑身湿透，就这样，他们还要不停地划桨、撑船和拖曳。那个时候，伯特尔兄弟失踪之谜似乎成了过去一段遥远的记忆，仿佛一场模拟战争或是一段历史缩影，只是偶尔出没记忆中。

大约六点一刻的样子，他们一回到旅馆，库克先生便找上门来。他冷静，有礼貌，话匣子一打开，就滔滔不绝。他到商店去寻找线索，只取得了部分成功。不过，在一家大型的百货商店里，他们清楚地记得，有一个陌生人因为要在泰晤士河上露营而买了许多东西。查过账本后，证实了他们说的情况，日期也吻合。不过，不幸的是，他们没有人记得"华莱士先生"长什么样儿，更别提他在此前的行踪了。再有，看到布莱顿扬起眉毛，库克先生高兴地向他保证，布莱顿交代给他的事办好了。不一会儿，安杰拉的疑惑也解开了。晚餐刚一吃完，桌子上就不知从哪里冒出了四副纸牌。她的丈夫坐了下来，开始玩起没完没了、令人无法忍受的单人纸牌戏。

　　"麦尔斯，"她责备道，"你知道的，你工作的时候是不可以玩单人纸牌游戏的！这是不是表示你已经完全放弃这个案子了？"

　　"不是，这意味着，我想消除内心的疑惑。太多证据堆积在一起，总让人觉得混乱不堪，神经衰弱。如果我想跳出来看这个案子，就必须转移注意力，然后才有可能从一个全新的角度来审视它，想想莫特拉姆案，想想恶行累累的那个案子。别靠在桌子上，当心把纸牌弄到地上。我会在十一点准时上床睡觉的，不用担心。不过，这时候，就别打扰我玩纸牌了。去和库克聊聊天，告诉他，你刚认识我的时候，我是一个多么帅气的小伙儿。"

第二天早晨，雷兰德朝壁炉室看的时候，里面还杂乱地堆着一堆乱七八糟让人难以理解的纸牌，麦尔斯还在房间里来回踱步，他一边挠着头，一边苦思冥想着那些纸牌的命数。雷兰德这次来的任务很紧急。自从奈杰尔·伯特尔失踪之后，警方自然将寄到他牛津住所的所有书信全部截获。不过，到目前为止，他们还没有什么发现。警方收到的大都是一些账单，根本没有任何私人信件之类的东西。在那天早晨的邮件中——那是周二的早晨——收到一张明信片，地址是用印刷体的大写字母书写的，邮戳是帕丁顿，背面写着一串表面看来毫不相关的数字，很显然，这些数字代表的是一组密码。"我不否认，我本想自己尝试着解开它，"雷兰德坦白道，"但是，我一向不怎么使用密码。无论如何，它把我难倒了。所以，我想你丈夫也许在这方面可能更加擅长。当然，如果他正沉迷于单人纸牌戏……"

"我把明信片拿进去给他，"安杰拉说，"他顶多把我踢出来。我想，你应该有这张明信片的副本吧？很好，我把这份原件拿给他，之后你、我和库克先生拿着副本一起研究一下。"

她走进房间，布莱顿几乎连头都没抬。"什么？一组密码？噢，天呐！没事，把它放在那边桌子上的墨水台上。我休息的时候，可以时不时地抬头看上一眼。最好给我一支铅笔和一张空白纸，以防它碰巧引发了我的兴趣。不过,也有可能它是那种解不开的密码。很好。还有,请不要忘了把门轻轻带上。"

"我们不要对他抱太多的希望，"安杰拉回到客厅时诚恳地说道——布莱顿总是称之为"餐厅"。"库克先生，在美国，人们经常使用密码吗？现在，我们一起来看看这张明信片吧。"

乍一看，这组密码并不是很有启发性。如果读者们想要一显身手，不妨一起来看看。这组密码由一排数字组成，数字之间甚至连空格都没有，没有其他任何可以指导解读它们的标记。它们是这样的：

9123468537332006448121021817841607954824107125594410291529 17904

"总共六十四个数字，"雷兰德说，"显然，它不可能是一个密码代表一个字母，那样的话，就只有十个字母。那么，它们一定是代表字母的一组数字。假定这些密码组数是统一的，它们不可能是三、五、六、七这几个数字的组合，因为这样的话，六十四就不能被除尽。所以，我认为它们是数字二、四或八的组数。但是，你们看，这样的话，问题就是没有重复数。也就是说，如果你以四或八组成密码组数，根本就没有重复，即使你以二组成密码组数，唯一的重复也只是 91 和 37，而且每组只有一次重复。"

"所以，那样就根本没有意义，对吗？"安杰拉赞成地说，"因为它表示的是这个信息使用了字母表里的所有字母，以及四个根本不存在的字母，并且只有两个字母重复。"

"我想起来了，"库克先生说道，"美国一位杰出的密码专家曾告诉过我，如今字母密码实际上已经废弃不用了，取而代之的是字词密码。哎，有没有可能，这组密码不是表示十六个字母，而是十六个单词？"

"如果这样的话，我们就可以洗洗睡了。"雷兰德回答说，"我们不可能只靠一条信息就解开一组字词密码，除非你提前已经知道答案。从常理来看，他们不会使用任何其他人已经知道的密码。好啦，让我们再想想。"

他们紧锁眉头，开始苦苦思索，大约三刻钟之后，布莱顿突然从壁炉室的门内大喊一声："密码组数是三！"

"你回去再数一遍，"安杰拉气愤地反驳道，"那些数字你可能连看都没看一眼，用三除六十四，除不尽。"

"针对这些事物，你们用的方法不对。你们就那么坐在密码旁边，绞尽脑汁想要解开，答案当然不会出现。不过，如果你们像我这样，盯着它看上一阵子，然后走开把它忘掉。这样，每次你再回过头来看它们的时候，就会有新的发现。然后，假如运气好，你们就会看到使这串数字看起来非常自然的密码组数的排列。找到答案的是眼睛，而不是大脑。"

"不过，你究竟是怎么想出来密码组数是三的呢？"

"不要只数到九，一直数到十二。凡数到十、十一和十二的时候，都把它们当作是个位数字来看。"

"你已经解开这条密码了吗？"

"没有，不过，你们现在应该能够读懂它了。我忙着呢。"

他们照着布莱顿所说的方法，将这组密码重新写了一遍，看起来确实有更大的把握解开它：

912/346/853/733/200/644/812/1021/817/841/607/954/824/1071/255/944/1029/152/917/904。

布莱顿搓着双手，下楼来吃午饭，暗示着他"终于解开了"。

"密码吗？"

"不，是单人纸牌戏。它比解密码难多了。雷兰德已经回牛津了吗？"

"没有，他到附近各处调查去了，以证实库克先生刚刚想出的另一个绝招。我得说，库克先生，你可是给我们找了一大堆活儿干。来，库克先生，来跟他说说你的想法吧。"

略带迟疑后，库克先生终于将自己的绝妙想法和盘托出。首先，他认为，这肯定是一套以略带些描写性质的书本为基础编制的密码，对于一些业余密码编码者来说，这是唯一可能使用的方法。如果真是以书本为基础，那么寄信人和收信人双方手里肯定都有这本书。"现在，我们知道奈杰尔·伯特尔是其中一方，那么另一方会是谁呢？我告诉你吧——就是德里克·伯特尔！"

"德里克！可是，你不是花了整整一星期的时间试图让我们相信，他们两个人都已经沉尸河底了吗？"

"我必须承认，我已经受到启发，大幅修正了我之前的结论。一位伟大的美国思想家曾经说过，只有傻子才不愿承认自己的错误。现在，根据我最新的看法，这两位堂兄弟都还活着，而且，彼此之间还保持着通信联系。"

"这真是提供了很多可能性啊。不过，让我们来听听这个绝妙想法吧。"

免去一些拐弯抹角的话，这个绝妙想法是这样的：这组密码肯定是堂兄弟二人事先约定好的，可能就在他们分开之前，不过更有可能是在旅行途中。无论出于什么原因，很显然，他们在周日晚上就分开了，正如我们所看到的，奈杰尔住在了米林顿桥，而德里克大概在其他什么地方找了个地方休息。因此，看起来，这堂兄弟二人在周日晚上就打算永久地分开，并把这套密码作为通信联系的手段。当时，两个人手里都已经有了一本可以从中选出密码的书。奈杰尔是在米林顿桥弄到这本书的，那么德里克呢——他在哪里弄到那本书的呢？德里克不可能走得太远，他们之前在泰晤士河上待到很晚，那个时候连末班火车都已经赶不上了。因此，德里克肯定就住在附近什么地方。库克先生一直在研究地图,于是他想到了白布莱克顿,岛上的一个小村庄。确实,从公路走,它距离那座桥只有一英里半的路程。假设德里克就是在那里过夜的,那么为密码提供线索的那本书就应该在那里的旅馆里,而且很可能现在还在那里。

"这难道不是灵感吗?"安杰拉说,"这难道不是一个非常绝妙的想法吗?"

"确实是,"布莱顿承认,"确实是个非常绝妙的想法。不过雷兰德的运气可不够好,居然被派到白布莱克顿去寻找这本书,而实际上,我们这里也一样有这本书。"

"是什么书?"库克问道。

"当然这里就有。每家乡村旅馆都有一本火车时刻表,但是大多数乡村旅馆所拥有的并不是《布拉德萧火车时刻表》,幸运的是,这就可以大幅度缩小我们的搜查范围。"

"噢、噢、噢,你真是太了不起了!"安杰拉嘟哝着,"你的意思是那些密码组数指的是火车的名字?"

"当然啦。这就是玩单人纸牌游戏的好处。每次你看着那些数字的时候都会有新的想法,就在我大约第十六次看着它们的时候,这些数字突然如同火车时刻表一样出现在我的脑海里——8.24、10.37、12.55,等等。当然,二百和六百零七里多出来的"零"只是为了使这套密码看起来统一而已。一旦想到了这点，你就会发现事实肯定是这样的。这套密码之所以最多数到了十二，是因为时钟就是到十二点。里面有很多八和九，因为大多数上午的火车都是在八点多或是九点多开出的。喔，结果已经一目了然！"

"可我们还是不知道密码的含义到底是什么。"安杰拉指出。

"唔，很显然，如果你把它和火车始发站的名字联系起来，一列火车的时刻就只能代表一个词或是一个字母。我认为，你们应该把火车时刻表找来，从里面找出哪个车站的首班车或是末班车——我猜，从那些数字的类型来看，首班车应该是九点十二分发出的，然后再从中找出首发车是在三点四十六分开出车站的，以此类推。这趟车的行驶区间一定是在大威斯顿，因为那里是附近唯一的铁路线。还有，它一定是条铁路干线，不然的话，火车不会在三点四十六分那么早就开出。噢，库克先生，你找到火车时刻表了吗？"

库克先生已经不知从什么地方拿出了一本当地旅游指南，正在一页一页地翻看着。"给你，最好由你来找，"他说，"我一向不太会用《布拉德萧火车时刻表》。"

"好吧，无论如何，我们得试一下。请用笔记下来，布莱顿夫人。伦敦、雷丁、切本哈姆、韦茅斯和汤顿，听起来好像蛮容易的。该死，实际上根本没那么容易……嘿，这儿有一趟早晨三点四十六分从牛津开出的火车。九点十二分——那里准是个非常简朴的地方，你们看，是汉格福德，还有威尔特郡，不管它在哪儿，反正有趟八点五十三分开出的火车。"

"汉格福德、牛津、威尔特郡。这些是多么令人高兴的信息！"安杰拉说道。

"喔，小时候，没有人教过你藏头诗吗？看一下每个单词的首字母——'HOW'；看出什么问题了吗？"

"麦尔斯，有时候你真像是个被宠坏的孩子。这真是太刺激了。现在我们来找七点三十三分的火车。"

"那趟车当然重要，但还不是很重要。我认为，我们应该按着次序，尽可能地从头到尾把这页纸找一遍。七点三十三分，那是德维兹。其实是到达的时间，不过，他应该不会注意到这一点。两点那趟车肯定是个大型的交通枢纽站……不，不是，天呐，想想吧，在凌晨两点到伊尔弗勒科姆！"

"DI，那么下一个肯定又是一个 D，"安杰拉提出了自己的建议，"试一下迪考特。"

"果然是迪考特，那就是 DID。现在，八点十二分的火车更多是那种本地火车，应该是奥尔德马斯顿。我想知道，如果没有足够的车站名称与数字组对应，该怎么办呢？噢，我想，我们应该查第二班发出的火车。"

"麦尔斯，这真是太令人兴奋了，我快受不了了。我们只把车站的名字写下来，过后再读它们的首字母吧。"

"好的，开始吧。"于是，他们就这样找了起来，直到最后一组密码组数对应的车站名被记录下来，一直在奋笔疾书的安杰拉才将下面一列车站的名字展示给大家。

"汉格福德（H）、牛津（O）、威尔特郡（W）、德维兹（D），伊尔弗勒科姆（I）、迪考特（D），奥尔德马斯顿（A）、拉维顿（L）、米德汉姆（M）、阿塞尔纳（A）、奇普哈姆（C）、阿普维（U）、萨彻姆（T）、帕丁顿（P）、多切斯特（D）、爱丁顿（E）、雷丁（R）、爱福索（E）、金伯瑞（K）。"

"没错，"布莱顿说，"一个不错的噱头。他把赛尔（T）漏了，它应该在萨彻姆（T）的前面。除此之外，简直无懈可击。"

"麦尔斯，别那么讨厌！难道你看不出来，这条信息非常重要吗？"

"噢，你认为它很重要吗？"布莱顿问。

库克先生消失了

没有什么比带回一个过时的消息更让人感觉丢脸的事了。雷兰德一回来，就想把满肚子的重要秘密告诉大家，甚至看见库克先生在房间，他都没犹豫。"德里克·伯特尔还活着！"他宣布说，"得给我来一品脱苦啤酒。"

"还活着？"布莱顿有些怀疑。

"哦，不管怎么说，他在密码信后面写上了他的签名。"安杰拉脸上的某些东西让雷兰德突然停下来，他刻意压抑住自己想说的话。"天呐！"他说道，"别告诉我，你已经破译了那组密码，布莱顿。"

"恐怕是这样的。"安杰拉略带歉意地说，"如果他不是这么令人厌恶地懒散的话，三个小时之前就应该破解了，那样的话，你也不用大老远地跑到白布莱克顿去了。”

“噢，我本来也不想省去这趟差事的，”雷兰德说，“没关系，你知道，我查到了比那封密码信更有价值的东西了。”

“这真有趣，”库克先生突然插话说，“我猜，你的意思是，我们大家不仅要从这封密码信本身了解一些东西，而且还要从你找到它的过程中得到什么？”

“哎呀，今天上午真是充满了奇遇。我先是去了米林顿桥上的那个船闸，他们告诉我，那条方头平底船找到了。其实，这条船并没有什么特别神秘之处，它被藏在一个奇特的、用石头堆砌的码头里，放在一堆灯芯草的后面。这个码头到底有什么用，大家也不太清楚，它就在离蓝牛旅馆很近的河对岸。当然，很明显，那位华莱士先生还是很可疑，否则，他就不会把船像那样藏起来了。我猜想，他是朝车站去的——那个地方离车站距离不远。”

“你仔细想想，会发现他的形迹其实并没有特别可疑之处，”布莱顿说，“如果他是朝车站去的，就必须得穿过泰晤士河，而蓝牛旅馆并没有固定的摆渡船。此外，他想去的是靠近下游一点的地方，自然他就得划着他的方头平底船去了。很自然，如果他要走陆路，就得把他的船藏在某个地方，以免路过的人发现。你可以用仓促来解释他的行为，不过，他并不一定是在掩饰什么。"

"不管怎样，那条方头平底船找到了，船上还有一些那个人留下的东西，但是没有任何线索可以表明其身份或是目的地。不过，这并不是全部的发现。"

"你是要告诉我们，在白布莱克顿的发现吧？"库克先生指明说。

"是的，我这就要说。白布莱克顿有几家酒馆，不过只有一家看起来是可以住人的，名叫白雄鹿。但是，等我进去里面才发现，它是那种根本不会有人注意你的地方：你拿着手杖使劲地敲击地板，也没有人理会，只有一条狗在远处某个地方汪汪叫。就算你把那条制成标本的鳟鱼拿走，也不会有人理会。就在我的对面，放着一个分隔式的书信架子，所有旅馆里都能看到这种架子，架子上只有一封信。"

"这封信之所以引起我注意，有这么几个原因。首先，这封信是由一个左撇子写的，这一点并不难看出来；其次，信封上收件人的姓名虽然用的是全名——'H. 安德顿先生'，但是地址却没写全，只写了个'白布莱克顿旅馆'；第三，从邮戳上的日期来判断，这封信已经放在那里一个星期了，却没有人来取。"

"那些无人认领的信件总是令我产生兴趣，布莱顿，我猜这可能因为我是个职业侦探的缘故。我到那里去的目的就是希望能找到线索，而这封信就那么胡乱地搁在那里，这激起了我强烈的好奇心。邮戳上写的是'牛津'，但除此之外，再没有任何有价值的信息。犹豫了片刻，我把那封信偷偷放进口袋，什么也没问，就离开了白雄鹿旅馆。走到不远的地方，我拆开信，发现信中所讲的正是我想要了解的事。这封信，是一个署名为奈杰尔的人写给一个名叫德里克的人，信中简单明了地解释了《布拉德萧火车时刻表》密码的整套系统，你们今天上午已经将它破译了。"

"那封信你带来了吗？"布莱顿问，"我想看一下上面的邮戳。很好，邮戳没什么问题，是德里克失踪的那天晚上寄出的。我猜，你发现它的时候，信封没有被人碰过吧？不过当然，如果这封信有人篡改过，你一定会注意到的。是的，这封信应该是真的，正如库克先生所说，这一切非常有趣。我想，你已经拿了奈杰尔笔迹的样本去进行比对了吧？"

"这点上请你相信我。这封信绝对是真的，而且看起来，我们得重新修正我们对整个案子的看法，不是吗？"

"怎么修正呢？"

"噢，从表面上判断，这堂兄弟二人似乎都还活着，而且彼此之间还保持着频繁的通信联系。如果真是这样，我们一直在追查的其他线索，那些相片；那两个做工精良的钱包，还有岛上发生的那些事，肯定都是掩人耳目的幌子而已。至于独木舟中的那个洞，要么是个幌子，要么是个意外。而且我认为，我们没有必要再找那个坐方头平底船的人了。当然也不需要在西浦科特船闸上游的河段里拖网打捞了。"

"是的，不过你的结论下得太早了。你说，从表面上判断，这堂兄弟二人都还活着。可是，那是一个必然的结论吗？"

"不，当然不是必然的。但是，这无疑证明了他们两个人中，总有一个是活着的吧？不太可能会有个第三者知道这封密码信。"

"没错。我想，假定两个人中至少有一个还活着是有道理的。不过，话又说回来，你接着又说，他们保持着频繁的通信联系，这一点我完全不同意你的看法。在我看来，这个案子最有趣的一点就在于，他们之间的通信联系竟然是如此不同寻常地被动。"

"怎么被动了？"

"哎呀，我亲爱的老伙计，难道你看不出来，他们两个人彼此都不知道对方正身处何地，或者正经历着什么吗？一星期前，奈杰尔给他的堂兄写了一封很亲密的信，信封上的地址是白布莱克顿的那家旅馆。他既然有理由相信他的堂兄还待在白布莱克顿，那就意味着他们之间事先有过安排。他不知道白布莱克顿那间旅馆的名字，因此他们事先的安排，事实上，不是很周全。奈杰尔寄了一组密码，以备紧急情况下使用——那组密码为什么不可能是他们事先已经商量好的呢？这肯定意味着，奈杰尔在写这封信的时候，他们的计划已经出现了某种障碍，事情到那时候进展得不太顺利。因此，为了小心起见，他们才使用了密码信。"

"是的，就事件本身而言，我认为是合理的。"

"不过，这远远不是真相的全部。H.安德顿这个化名显然也肯定是事先安排好的。如果德里克真的去了白布莱克顿的旅馆，也就是说，如果他去的正好就是他们约好的那家旅馆，他肯定会四下寻找寄给H.安德顿的信件。他一旦找到了信件，一定会立即从架子上取走。对于这么重要的一封信，你一定不希望冒任何的风险。"

"没错，真可恶，我只是纳闷为什么这封信没人认领，却没想过它有多么重要。你的意思是，奈杰尔现在并不知道德里克身在何处？"

"至少，他当时不知道。而且，更为奇怪的是，他却认为自己知道。可以肯定地说，他们的计划一定是出了什么错。所以，如果是这样的话，我们在小岛四周以及其他方面所获得的线索或许还有价值。"

"不过，从今天上午得到的线索来看，他们似乎已经重新取得了联系。"

"完全不是。如果真是德里克写的那张明信片，那就表明，他对堂弟的行踪一无所知。假如他了解的话，事先就会知道奈杰尔已经离开了牛津。其次，他也会知道奈杰尔的行踪已经引起了怀疑，他以前租住的地方会受到警方的监视。因此，他也就不会按照那个地址，给奈杰尔寄去一张显示他有罪的明信片。（我说显示他有罪，是因为任何密码总是有可能被破译的。）不对，如果说是德里克写的那张明信片，那也只是一种在暗处不抱希望的尝试而已。不过，德里克肯定没有写那张明信片。"

"你的意思是，德里克不可能知道那组密码，因为他根本没有收到寄往白布莱克顿的那封给他的信？可是，那封信上的内容也许之前他们已经在口头上沟通过了。"

"完全不可能，这堂兄弟二人并没有见过面，否则，德里克肯定会知道奈杰尔已经不在牛津了。"

"确实如此。不过，也有可能他知道这张明信片肯定会落入警方之手，所以才写了它，正是因为他希望这张明信片落入警方手中。毕竟，到目前为止，德里克一直都有充分的动机躲在幕后。但是，既然阿尔玛姑婆已经去世了，他也就有了充分的理由重出江湖了。"

"但是，他是否知道阿尔玛姑婆遗嘱里的内容呢？如果不知道，他重新露面会很冒险。此外，他为什么不只是简单地重新出现，却要给警方出这么一道谜题呢？而且，冒着被认为无礼的嫌疑，我必须得说，即使他有心要给警方布下一个谜团，估计他也想不出这么复杂的点子。我对自己解开了这个谜团还是相当自豪的。"

"不过，或许他已经猜到了寄往白布莱克顿的那封信到现在已经落在我们手里了……我也不知道。我觉得，你对德里克的猜测是对的。所以，你的意思是，奈杰尔从帕丁顿给自己寄了那张明信片？"

"正是如此。不过，我们还没有任何证据，可以证明德里克是死是活。我怀疑，德里克当时是否知道，或者说，现在是否知道，白布莱克顿这样一封信的存在。但是，奈杰尔知道这封信的存在，而且奈杰尔可能会理所当然地猜测，随着这个案子被闹得沸沸扬扬，寄到白布莱克顿的那封信肯定会被找到，对不对？库克先生，难道你不这么认为吗？"

"噢，当然，我同意你的看法。只是有一点，我觉得很奇怪，去白布莱克顿问讯调查的想法为什么会出现在我的脑子里，其他人怎么会想不到呢？"

"可是，奈杰尔究竟在耍什么花招呢？"雷兰德反对说，"他希望那封密码信落入警方手中，是想让警察想到什么呢？想让他们认为，德里克还活着吗？"

"当然。假设奈杰尔已经与德里克失去了联系，这样做是他能找到的，让警方相信德里克没有死的最简单的方法，或者至少在阿尔玛姑婆去世的时候他还没有死。这样，她的遗嘱就可以生效了。在那之后，德里克想怎么死就怎么死。重要的是，他绝对不允许比阿尔玛姑婆早死，以免剥夺了他继承遗产的权利。你觉得这样解释有什么问题吗，库克先生？"

"噢，没有。我认为，没有什么问题。"

"那么，你的思维方式肯定与我的完全不一样。我觉得，这个解释有一个巨大的问题。奈杰尔是如何确切地知道库尔曼夫人把自己的钱留给了德里克，因此，德里克有必要重新露面。你们知道，如果他不能确定的话，是不可能如此迅速地采取行动的。从原先那笔遗产的角度来看，德里克仍然应该是非死不可的。"

"无疑，这一切是值得冒险的，"安杰拉建议道，"因为他必须在九月十六日之后才能死掉。在此期间，让他重新复活并不会有什么大碍，只要把他再杀死一次。"

"养成时死时活的习惯对他可没有什么好处，即使最老实厚道的律师也会心存疑心的。"

"我认为，有一件事很明显，"雷兰德打断他们说道，"无论用什么方式来看待这个案子，我们都没有理由相信，关于他堂兄所遭遇的变故，奈杰尔掌握的并不比我们多。如果那张明信片是他的杰作，很显然，他只是想试探情况而已。因此，在我们找到奈杰尔·伯特尔之前，找到那个坐方头平底船里的人仍然很重要。"

"从某种意义上讲，确实如此，"布莱顿承认道，"不过，如果我们能找到奈杰尔，他也许可以告诉我们一些事情。"

"我猜想，他也许现在正在伦敦自在地待着呢。"雷兰德说，"认识

186

他的人可能在伦敦见过他。"

"谁知道他是不是真的住在伦敦。不过，你肯定记得，那张明信片是从帕丁顿寄出来的。为了从帕丁顿寄一封信，不必非得住在伦敦吧。住在大西部的任何地方都很简单，只要坐上一列开往伦敦的火车去，再坐下一班火车回来就可以了。"

"布莱顿先生，对于你的分析，我只对其中一点持反对意见，"美国人库克发表了他的意见，他之前有好一阵子似乎陷入了沉思。"你认为，奈杰尔希望自己的明信片落入警方手中。好，如果是那样的话，那他为什么不把它寄到德里克·伯特尔在伦敦的公寓呢？首先，它可以更快到；其次，他可以更加确定，而不只是猜测，明信片会落入警方手中。"

"我知道。可是在明信片上写上伦敦的地址会让人联想到，他们俩有可能是串通一气的。把他自己放在德里克的位置上，最合乎情理的假设，就是将信寄往他在牛津的地址，这样对方可以得到回应。"

"哎，"安杰拉说，"一会儿这个，一会儿那个，我们好像又回到原点了。"

"我知道，"她的丈夫赞同她的说法，"伯特尔先生，难道你不认为，是时候该把你所知道的一切告诉我们了吗？"

去除伪装

大概足足有十五秒钟，所有人都大眼瞪小眼，你看我，我看你。紧接着，伯特尔家族遗传的衰弱体质挽救了这场危局——奈杰尔晕了过去。

等到奈杰尔被抬回楼上他的房间，安杰拉赶忙接过照顾他的任务，布莱顿和雷兰德这才腾出空来讨论当前的情况。"你知道他就是奈杰尔有多久了？"雷兰德问道，"一开始你们就认出他了吗？"

"并不完全是。不过，看到他总是让我想到什么。按理说，古郡旅馆的员工们本该认出他，但是，你知道，他们却没有。人们对带着假面具的人很容易产生怀疑，但对除去伪装的人却反倒容易轻信。"

"除去伪装——你是什么意思？"

　　"噢，这个大学生奈杰尔·伯特尔，他一直在掩盖着自己的本来面目。比如，他本是个曲背溜肩的人，可是一个要价昂贵的裁缝却想办法把他变成了一个身材笔直的人。就是在米林顿桥，那个女店主是不是还记得他是个腰板笔直的先生？无论如何，那是他想要设法在所到之处给人们留下的印象，或者确切地说，是他的裁缝设法帮他达到了这一目的。库克先生才是奈杰尔的本来面目，而这恐怕连他的朋友也从未见过。真正的奈杰尔，脸上确实有一块黄斑，使他看起来丑陋不堪——上周整整一星期你都看到它就长在库克先生的脸上。在校期间，他通过化装掩饰自己的缺陷。他是个相当不错的演员，你知道的，因此，他的伪装最终骗过了世人……不过，我猜想，他的一些朋友即使知道这件事，也不会太在意，因为他一向装模作样，再添上一样又有何妨。当然，即使他的肤色天生很白，在河上待了十天之后也应该被晒成深棕色了，可库克先生的脸却很苍白。不过我认为，他的头发比任何其他东西都更有区分度。他过去总是留着长发，并用发刷整整齐齐地刷在脑后——是那种油亮透光的发质。他把头发剪得短到齐根（那是在斯温登的一家小店剪的），微秃的脑瓜顶就露了出来，这让他看起来和以前完全不同。另外一样所有人都记得起来的东西，就是他的声音——那种慢吞吞，极不自然，令人讨厌的拉长了的腔调。这也是个假象，等到需要起死回生之时，他就可以毫不费力地将这些东西抛开，说起话来反倒像个美国人。"

"他确实是个好演员。我想不出来，他怎么能成功地将这个美国人的角色扮演得这么好！"

"你指的是他的英语发音吗？不，相对而言，这点是简单的。他的母亲，你也知道的，嫁给了一个美国人，如果说他还有个家，他的家就在美国。给我留下更深刻印象的反倒是他身上保有的那种美国人对待生活的态度——就是美国人拥有的那种好奇心、独创性和真诚坦率。那并不是他的本性，对吧？他说起话来，总好像大西洋彼岸的一切和这里的都截然不同——听到某个美国人说彼岸的太阳是打西边出来的我也不会感到意外。他把这一点演到了极致。不过，从某种意义上讲，他那种坦率真诚，只不过是他在去掉身上那种令人厌恶的装腔作势之后，一种自然的流露罢了。我认为，他没有让自己去刻意装扮成谁，不知道你是否懂我的意思，当然，除了那副角质框架的眼镜，不过这也起不了多大的作用。"

"但是，你说，你并不是从一开始就识破他的，对吗？甚至当时都不曾对他产生过任何怀疑，对吗？"

"是的。我为什么会从一开始就怀疑他呢？我确实曾看了他一眼，以弄清楚他是不是德里克。不过，很明显不是，他身上没有吸毒的痕迹。

我也没有想过，他会是奈杰尔，因为他在这里自我介绍的时候，奈杰尔还没有失踪。假如你在两点钟的时候，走进来告诉我奈杰尔已经失踪了，而接着在四点钟库克先生就出现了，那我应该立即能察觉出来。可事实上，他已经走在你前面了，他在你来之前，已经在这里安顿下来了。人的大脑只有在提出了问题之后，才能解决问题。"

"他冒着极大的风险到这里来。"

"啊哈，不过，你知道的，他当时并不知道我在这儿。因为他到的时候，我正好出去了，当安杰拉介绍我们相互认识的时候，已经太迟了，他不可能再退缩了。如我所说，认出他的时候，我心里一阵激动，但是我把这种感觉强压了下去——我经常这样。当然，从牛津来的人也许会认出他来，不过，不太可能，牛津大学现在全部放假了。至于这家旅馆的工作人员，他们根本不会注意到这种事情。对他们来说，生意就是一张张没完没了、永远陌生的脸，因此，他们根本记不住任何一张脸。"

"你是怎么觉察出事情不对劲儿的？"

"呃，我想，最初是在他告诉安杰拉，说我真幸运，是一个很优秀的摄影师时。他是怎么知道这点的呢？这令我迷惑不解。当时，你还记得吧？就是那个钱包的事。"

"哪个钱包？是岛上找到的那个，还是童子军找到的那个？"

"童子军找到的那个。当然，对德里克·伯特尔会随身携带两个钱包的假设，纯属无稽之谈。这就意味着，两个钱包中有一个是骗局，是幌子。似乎很自然，认为那个里面装有名片的钱包是个幌子。很明显，那张名片是被故意放进去的。那么，奇怪的是，那些童子军从星期一到星期六，一直都在那个地方潜水，可是直到星期六，他们才偶然发现了那个钱包。我问自己，这个钱包有没有可能是头一天晚上有人故意偷偷丢在那儿的呢？如果是，又是谁丢的呢？这时，我想起了库克先生曾急于想知道那条独木舟被找到的确切地点，而且又曾在前一天晚上出去散步。于是，我希望了解关于库克先生更多的情况。"

"谢天谢地，这个谜团终于解开了。我都快要疯了。"

"我当时仍然不能确定，库克先生就是奈杰尔。我甚至有过这样一个想法，他也许是奈杰尔的某个美国朋友，是他故意安插在我身旁，来监视我的。你一定记得，我和奈杰尔只匆匆见过一面，而且是在一个光线很暗的房间里。可是，我起了疑心。我觉得，最好是在暗地里密切留意库克先生的动向，于是就随他去了。不过，他接下去表现出来的厚颜无耻，我实在不敢恭维。"

"你指的是米林顿桥的那件事——堂兄弟中的只有一个人，却睡在两个不同的房间里？不错，确实是非常大胆。他为什么要告诉我们这么大的一个真相呢？"

"啊，我十分清楚，他这么做的主要目的。他希望取得我们的信任，这样他就可以留意我们在干些什么。为了达到这个目的，他认为自己必须露几手非同一般的侦探功夫，好让我们重视他所提供的帮助。但是，我并不十分肯定，他是不是真的对我们说出了真相。"

"你肯定认为，那天晚上这堂兄弟二人都没有住在米林顿桥吧？"

"唔，除了卡夫瓶上的指纹，我们没有任何确凿的证据。当然，那些指纹是在我们查看窗户的时候，奈杰尔本人刚留下的。"

"天哪！我还认为，他是个不错的侦探呢。现在，他给我的印象可是大打折扣了。不过，作为罪犯，我还真觉得他挺高明的。"

"不过，那正是他犯下的一个严重的错误。当然，我决不相信，那些指纹能在卡夫瓶上待上近一个星期的时间。他居然用了油脂！唉，他干脆用熟石膏粉更好！雷兰德，我纳闷，你当时竟然信以为真。"

"这都取决于你是否对结果充满了期待。我完全被库克先生蒙骗了，做梦也没想到，那些指纹会是他留下的。"

"不管怎样，如我所言，他犯了个错误。因为，你知道，我已经取得了奈杰尔·伯特尔的手指和拇指的指纹，那些指纹明确地告诉我，库克先生是谁。星期六和星期天整整两天时间，正好你不在的时候，我密切留意着他的行动。令我担忧的是，此人竟然这么胆大妄为，竟然跑到我待的这家旅馆来。后来，我发现了他一直在读的那本书，华伦的《一年一万》。如果你足够老派，曾经读过这个故事，会记得里面那些律师有库克先生、盖蒙和斯奈普，这让我明白了他的名字取自何处。这也表明，他入住古郡旅馆也完全是随意之举，在他到达之前，甚至没有费心为自己编造一个化名。总之，他根本不知道我在古郡旅馆——他来此处，只是想了解一下案件的进展情况而已。他没有料到旅馆的人会问他的名字。"

"是的，你这事儿办得真绝。不过，如果你不介意我问的话，为什么你没把这件事告诉我呢？"

"哎，反正，那个星期六和星期天你又不在。另外，恐怕我必须得承认，我觉得你可能会马上逮捕他，破坏我和他玩这个小游戏的兴致。你是否注意过，如果你在一只野兔看到你之前先看到它，即便是在极近的地方，会发生什么？如果你站着一动不动，野兔就会继续非常愉快地吃草，你也就可以长时间地仔细观察它了。我很喜欢这么做。我也喜欢和库克先生这样玩，我喜欢在一旁观看奈杰尔·伯特尔以高超的技巧假扮成库克先生，同时想象着库克先生过去以同样高超的技巧假扮成奈杰尔·伯特尔。只要你和我不采取行动，他就不会跑掉，他对这一点过于自负。不过，第二天，也就是昨天，我承认，我确实对你有点无礼，我让库克先生去了伦敦。"

"去伦敦？"

"是的，坐三点十二分的火车去的，然后坐四点四十五分的火车返回。他当初去牛津就是这么坐车去的。我当时对这件事很有顾虑，似乎感觉他会就此逃之夭夭。但是，不知为什么，我确信，他那时候还不会逃走，因为他的花招还没有全部使完呢。你知道，他那时候必须得制造一些证据，证明阿尔玛姑婆去世之前，德里克并没有死。因此，我冒险让他离开，去制造一些证据。如果他当时跑了，那你可就傻了，因为他和你坐在同一列火车上。"

"去你的，希望你以后不要再冒这种险了。"

"你知道的，我只是忠于职守。你希望找出凶手，而我则希望查清楚德里克是死是活。为了达到这个目的,任由奈杰尔随意而为是值得的。假如我不冒这个险，我们就永远不会知道发生在白布莱克顿的事。"

"关于白布莱克顿，我们知道了什么？"

"噢，星期一晚上，奈杰尔给住在白布莱克顿那家旅馆的德里克寄了一封信。事实上，我们可以确定，在星期一的晚上，奈杰尔仍然以为他的堂兄还活着，并且认为自己知道他的住址。这表明，奈杰尔一定是在玩什么花招,而德里克也正有此意。等安杰拉让他平静下来之后，我希望能够找到答案。"

"想到再也听不到库克先生谈论美国人，感觉怪怪的。"

"想到他根本就不是美国人，更是让人觉得怪怪的。毕竟，他伪装得多像啊！如果在某个小旅馆或是某列火车上，我们撞上自己的同胞，某个陌生人，我们本能地就想了解有关他的一切情况——他来自哪里，做什么工作等诸如此类的事。但如果是个美国人，我们就认为一切理所当然。我们不想知道，他来自那个国家的哪个地区，因为我们知道，自己没法在几千英里之外的版图上找出它的位置。我们害怕听到一切有关他的事，因为还没等我们问呢，他已经在滔滔不绝了。"

"布莱顿，我们一直在拐弯抹角绕圈子。我们两个人真正想要问对方的是，他是否认为，奈杰尔·伯特尔是凶手——或者，至少是凶手的同伙。你说，就在周一的晚上，奈杰尔还不知道德里克在哪儿，否则，他就不会往白布莱克顿给他寄那封信了。但是，你应该和我一样清楚，这也许只是他不在现场证据中的一部分。他或许是故意写了那封信，然后又故意让我们找到它，希望可以使我们相信，他对自己堂兄的死亡毫不知情。奈杰尔·伯特尔马上要把他的故事讲给我们听——即使他不想告诉我们，我们也会找到办法让他开口。但问题是，他对我们讲的会不会是实话，这是我们两个都想知道的。"

"就我个人而言，在考虑他说的话是否真实之前，我想先看看他究竟会说些什么。不过，我可以明确告诉你，业已卸任的库克先生说过，在我们找到凶手之前，试图证明奈杰尔是凶手的同伙根本毫无意义。我认为，他说得没错。除非我们能够找到凶手，否则，奈杰尔永远可

196

以自称，他对所发生的事毫不知情。你知道，他不在现场的证据是很充分的。独木舟中有一个那样大小的洞，它绝不可能在特定的时间内漂流至下游。因此，它一定是被人推至下游的。这个人不可能是奈杰尔，因为他当时正在九点十四分的那趟火车上，因此一定是其他的什么人，而这个人要么是还活着的德里克，要么就是另有其人。在我们能够清楚地证明德里克是怎样死的，或者更确切地说，德里克究竟是死是活之前，必须找到这个第三者。"

"我不是十分明白，你为什么这么强调那条独木舟在水中漂流的时间呢？毫无疑问，即使无法解释这个问题，奈杰尔不在现场的证据也会十分充分的吧——想想看，即使德里克已经死了，为他的尸体拍照，并把尸体拖到岛上去，这得花上多长时间呢？"

"我并不是很确定。当然，动作一定得快，但是你知道，那趟火车实际上并不是绝对准时的。告诉你，等听完奈杰尔·伯特尔的解释之后，我们明天不光得花点时间尝试重新建构整个案件，可能还得溯流而上，到西浦科特船闸去，你要扮作那具假尸，而我则想看看玩这套把戏到底要花多长时间。"

"我在考虑去跟范瑞斯先生见个面。"

"没有必要。反正，他又不可能逃走。哈罗，安杰拉，病人怎么样了？"

奈杰尔的故事

　　结果证明，奈杰尔的问题远比普通的晕倒严重得多，他是心脏病发作，需要医生前来诊治，以及由此出现的一成不变的结果，那就是"卧床休息几天"的处方。雷兰德对事态发展的转折颇为高兴。他担心抓错人，将罪犯投入监狱之后，再满怀歉意地将他们放出来。他害怕出现这种情况，没有什么比这种事情，对自己的职业尊严损害更大的。然而，要避免向奈杰尔发出一份逮捕令实属困难，毕竟他耍出的花招太过高明，而关于他的描述传播得又如此之广。如今，他以医院为托词卸下服饰伪装，卧病在床，虽然没被拘捕，却也和在牢中没有两样。他表面上是一位病弱者，事实上就是一个囚犯。不过，直到他病发之后的第二天早晨，医生才允许他开口讲话。

"我想，我应该提醒你，奈杰尔·伯特尔先生，"雷兰德开口说，"尽管我们现在没有拘捕你，不过我会把你的话全部记录下来，并随时准备在必要之时公之于众。"

"好的，当然，"病榻上的奈杰尔说，"你们看，我真的不知道，我现在算不算是个罪犯。情况竟然变得如此复杂。所以，我想，我应该用最简单的办法告诉你们，如果你们允许我用自己的方式来讲述事情的原委，并且在我讲完之前请不要打断我。"

"自然，你们都知道，德里克和我的关系素来不睦是为了一个女人——不过，我料想你们对此事早有耳闻。不管怎么说，那天德里克来找我，建议我和他一起去泰晤士河上乘船旅游，让我很惊讶。他告诉我原因。他说，阿尔玛姑婆开始注意到自己还有两个侄孙这一事实，希望我们可以相处得更好。如果我愿意，他会到牛津来与我会合，到时我把船准备好，然后我们一起沿河而上，前往克里克莱德。尽管此次游河之行有些勉为其难，但希望双方可以尽力而为，以便把相关情况向阿尔玛姑婆汇报。我同意了，只是不知道，能不能赶在我参加口试之前完成这次旅行。他指出，如果时间非常紧迫的话，我可以随时上岸。事实上，在我口试的问题上，我犯了个错误，我比要求考试的日期提前一天去了学校。"

"总的来看，这是一次奇怪的旅行，在此就没有必要详述了。大多数时间里，我根本不屑于和德里克讲话。他随身带些毒品，那头蠢猪，时不时地就拿出来吸上一口。有一次，他让我也试了一点，差点要了我的命——我认为毒品这东西非常残忍。不过，更为重要的是，在旅行途中，他向我解释了保住他财务地位的计划，按照这个计划，不管有没有阿尔玛姑婆的那笔钱，他都能从目前的经济困境中解脱出来。他说，他已经厌倦了伦敦，厌倦了在伦敦结识的那帮家伙，他希望移居到国外的某个地方，一切从头再来。只是，他并不打算身无分文地重新开始，假如事情照着目前的样子发展，他就必须有所行动。不过，他为什么不能以一种普通的方式移居国外，却非得要玩失踪的把戏呢？因为如果他真的失踪了，那么经过一段时间之后，他将被认定为死亡，那家可恶的保险公司就必须对此进行全额赔付，那五万英镑就会安然无恙地保留在家族内部了。"

"不过，他坦率地向我说明，一个盟友的加入对整个计划的实施十分必要，而且这个盟友必须是我本人。在三年的时间内，那五万英镑由我支配。在此期间，我可以借用这笔钱。于是，他建议，自己应该消失，而我将自动成为祖父的遗产继承人，由此产生的所有利益我们两人一起平分。他对我一点儿都不信任（他向我说明了这一点，十分感激）。但是，这个协议一经达成，我就必须履行自己的诺言。如果我

200

想出卖他，他就会重新露面，来揭发我，就算有失尊严，也在所不惜。他暗示，这是我得到这笔遗产的唯一机会。他已经下定决心，让自己在二十五岁之前绝不能死，以免把那一大笔钱白白送给我；他还决定，迟早要把酒戒掉，今后滴酒不沾。"

"我对他的建议并没有感到良心不安。不过，想到为了让德里克这个家伙变富而做违法的事，我还是犹豫了片刻。但是，那笔钱对我太有吸引力了，又引发了我喜爱冒险的冲动。我们最终达成了协议，然后他又开始告诉我实施计划的细节。他说，这次的独木舟之旅真可谓是天赐良机，因为想要在泰晤士河上消失，那真是再容易不过的事了。然后，警方会在河里打捞上两个星期，接着宣布自己死了。我说，我觉得大部分淹死在泰晤士河里的人，他们的尸体大都被找到了。但是，他向我保证，我担心的这个问题一点也不难办到。我得说，他想出的这个计划确实非常巧妙。那也是不同寻常的事情，因为，你们知道，德里克总是有点笨。我想，一定是因为他常常吸食毒品，才令他产生了如此的灵感。当毒品起作用的时候，德里克的精力真的是非常充沛，脑瓜子就像个两岁的孩子那样灵活。"

"他说，在他失踪这件事上，最大的麻烦就是，你不能真的藏在干草堆里，必须还要四处走动，与他人保持接触。不过，当然是在使用化名的情况之下。而使用化名的难点在于，它只能在以前的自己消失时才可以使用——不知道你们是否懂我的意思，也就是说，德里克·伯特尔一消失，X 先生就马上现身。任何头脑灵敏的侦探一眼就能识破这个伎俩，他们会将这些事实联系起来，然后根据事实进行推理。为避免这个麻烦，你的化身和你本人必须有部分重叠之处，X 先生至少必须在德里克·伯特尔失踪之前的一天就现身。你们明白他的想法吗？

他的计划制订得十分周全。当我们到达最后一站——米林顿桥时，我假扮成两个不同的人，连续两次前往那家旅馆，我睡在两张床上，在两个洗脸槽里洗漱，吃掉两份早餐，并且付了两份账单，以便让所有人理所当然地认为，那晚我俩都是在米林顿桥住宿的。与此同时，他则步履蹒跚地前往一两英里之外的白布莱克顿。在那里，他会变身为H.安德顿先生，一位旅行商人，或是类似那种的人。他说，他不能确定，我们是否应该在星期天结束这次旅行。如果我们周日就结束旅行的话，它当然看起来就不像是一次为推销而进行的旅行。这个计划的关键在于，安德顿先生会在比方说星期天的晚上现身，而德里克直到星期一才会失踪。如果所有人都认为德里克·伯特尔是在米林顿桥过的夜，而同时我们又可以证明安德顿先生晚上住在白布莱克顿，那么有谁还可能会把这两个人联系在一起呢？"

"我们完全照此计划行事了。我在米林顿桥和他分开，然后玩了那个双头人的把戏，而他则溜走了。第二天早晨，他在桥下靠近下游一点的地方和我碰头，问我是否一切进展顺利。他说，白布莱克顿是一个非常令人恶心的地方，连狗窝都不如，好在他在那家旅馆临时搭了个地铺，不过，他还是觉得很困。于是，我们继续沿河而下到了西浦科特船闸，那会儿正是大清早，四周一个人都没有，不过，有一个坐在方头平底船里的人从我们身边经过。"

"对不起，打断一下，"布莱顿打断了他的话，"你真的拍了一张伯吉斯，就是那个闸门管理员的照片吗？"

"我当然拍了。你也给我看过了，不是吗？是那卷胶卷冲洗出来的最后一张照片，其他两张的底片不清楚。"

"那么，最后那两张照片不是你拍的吗？"

"我没有，不过有可能是德里克。你们知道，我们还在船闸时，就在我刚要离开去车站那会儿，德里克嚷嚷说，我不如把照相机留给他，如果他看到什么值得一拍的东西，就可以把这卷胶卷用完了。于是，我就把相机留给他了。"

"你现在说的和你在牛津时告诉我的相互矛盾了，不是吗？你当时告诉我，你肯定是把这胶卷落在了车站附近。"

"是的。我当时觉得最好是那样说，因为我想不出，那胶卷是如何跑到那个地方去的，而且，我觉得如果照实回答的话，说不定会引发更多尴尬的问题。"

"在你继续之前，我还有一个问题，你当时是把照相机扔下去的呢，还是你走下台阶，把它递给你堂兄的？"

"我是走下去递给他的，如果扔下去，德里克压根儿就接不住。接着，他站在台阶最底层使劲推了一把船，然后就走了，而我则穿过拦河坝的那座桥，沿着那条小路赶往车站。我们已经商量好了，我必须有不在现场的确凿证据，这样，我就对他的失踪一无所知了。我从船闸管理员那里打听到了确切的时间。我四周打量，看看赶往火车站的路上有没有什么人，以便他们到时可以为我作证。可是周围一个人都没有，于是（这是德里克向我提的建议）我抄近路穿过了位于我左侧的树篱，又绕了一个大圈穿过一个像是农场的地方——德里克说，那周围一定会有人的。我只看到了楼上窗户边上有一个老太太，不过我还是挥帽向她致意了，以便她可以记得我曾经打那里经过。"

"我故意拖延时间，以便可以在最后一刻赶上那趟火车，那也是德里克的主意。他说，假如我没有买票上车，我可以在牛津车站的检票口向工作人员坦白，而他就得卖给我一张票，这样，日后他一定可以记起这件事来，也就可以为我提供不在现场的证明了。计划实施得非常顺利。自然，这之后，我的口试将为我下一阶段的行动提供证明。不过，口试还没有开始，但是我打了一辆出租车来到这里，点了杯饮料，这样我就可以和那个女招待讨论一下时间的问题。你们看，那样一来，我就为自己制造了另一半不在现场的证据。"

"接着，我只能坐下来等了——当然，按照我们的原计划，我本不应该等那么久的，那都是因为我记错了口试的时间。我们的安排是，在大约一点半的时候，我应该到达那个废弃不用的船闸。我们估计，到那时候，那条独木舟应该就在那附近的某个地方。我让德里克来安排这一切，因为他考虑得最为周全。他打算尽其所能，给人留下一种印象，让人觉得他是由于心脏病发作而坠入河中，而那条独木舟则早已浸水下沉了。"

"呃，我把那个焦急不安的角色扮演得十分到位，还从旅馆找了个人和我一起去，以便在我找到那条独木舟的时候，有人作证。独木舟准时出现了，十分巧妙，那个人把它弄到岸上，接着又潜入水中，看看能不能在什么地方找到德里克。就在这当口，当我试图把独木舟扶正放好的时候，却在船底发现了一个该死的洞，这让我很恼火，我以为德里克之所以这么做，是他认为这是使船沉入水中最简便的方法，这个蠢货！但他却忘了，人们日后会因为这个洞产生很多疑问。那是整个计划失败的第一步。"

"可是，接下来发生的事更糟糕。我们商定，他一到白布莱克顿就会给我寄封信——在上午十点钟左右，当天晚上我就应该收到它。而我，则从我的住所给他写封信，以确认一切进展顺利。此后，我们就不再通信了，以免我的信件受到监控。可是，那天我晚上到家，根本没有看到任何信件。于是，我想出了一组密码，然后把它寄给了'H.安德顿'。我以为，他用那种方式给我捎个信儿或是更容易些，如果有必要，也可以通过报纸。可是，第二天早晨，仍然没有来自白布莱克顿的信。我开始担起心来，但是我不能采取任何行动，以免引人怀疑。于是，就这样，时间一天天地过去，没有德里克的任何消息，也没有接到下一步我该怎么办的指令。"

"你们也许不知道，学期末的牛津是个什么样子——我指的是，最后一个学期的期末。你有一种没有着落的感觉，这种感觉让人恶心，让你只想赶快离开，然后跑到什么地方去死掉。在你不得不毕业离校时，那一切荒谬可笑的美学理论都显得如此空洞和毫无意义。那种感觉，就好像你在一家剧院，却在曲终人散之际发现你的帽子丢了，而所有的灯光正在慢慢熄灭。我感慨万千，希望与过去一刀两断，重新开始生活，我认为这是一种彻底的转变……如果德里克打算跑到那些殖民地去，为什么我不能呢？于是，就在一刹那间，我脑海里闪过一个念头：既然德里克打算消失，为什么我不能呢？"

"那个时候，我还不知道自己的行动已经引起了怀疑。我当时就想留在事发现场附近，可是，如果带着一段不堪回首的过往待在牛津，实在令人无法忍受。为什么我不干脆躲在周围乡村的某个地方，暂时变成另外一个人呢？我根本不需要伪装自己，我只要卸去伪装就可以了。或许，假扮成一个美国人更安全一些。我在美国生活了那么长时间，几乎不用费什么力气就可以模仿得很像。于是，我想到了这家旅馆，它看起来挺舒服的。我确信，如果我把头发剪短，加上其他方面的一些变化，他们一定不会认出我来。我决定就这么做。幸亏我手上有不少现金，因为我一直有去欧洲大陆旅行一趟的打算，不过还没有预订船票。我先把行李寄到伦敦，几分钟后，我将坐着下一趟火车消失得无影无踪。这一切似乎都进展得非常顺利。可是，就在最后一刻，我感觉到有人在监视我，于是，趁他不注意的时候，我小心翼翼地偷偷溜下火车。

"坐火车的这一路上没有什么，很普通——我猜，你们已经知道是怎么回事了。在斯温顿换了站台，坐了一趟慢车按原路折回法灵顿，最后坐公共汽车来到这里。途中，我在白布莱克顿逗留了一阵，发现我写给 H. 安德顿的信居然还放在架子上，我真的很惊讶。那时候，我才第一次意识到事情实际上已经出现了大问题。我东荡西逛了差不多一个小时，希望等到过道里没人的时候，可以拿到那封信，但始终没有等到机会。于是，我感到厌倦了，就直接来到这里了。"

"我本指望这家旅馆没有人住呢，所以，当一位陌生的女士前来和我搭讪的时候，很令人恼火。不过，我记起来我是个美国人，因此，必须介绍自己的名字。于是，我便从我一直看的一本书里，随便挑了个名字。接着，我发现自己犯了个大错误，因为你突然走了进来，于是，我不得不向你介绍。可是，你似乎没有产生丝毫的怀疑。你的演技一定比我更出色，因为直到昨天晚上，我还丝毫没有觉察出，你在怀疑我的身份。于是，我变得大胆起来，我决定躲在一旁，好好看看你们是怎么调查此案的。此外，我认为，我要想办法证明德里克已经死了。我有一张德里克留给我的名片，还有一张他的五英镑钞票，是我们在旅馆结账时他给我的。我把它们一并放进钱包里，然后扔到河中，好让童子军们能够找到。再有，我觉得最好能够想个什么办法，骗取你们的信任，于是我策划了米林顿桥的那件事，在卡夫瓶上留下了我的指纹。当时，你们似乎完全被我给蒙骗了。"

"阿尔玛姑婆的死使整件事发生了逆转。当你们告诉我关于那遗嘱的事情时，我才意识到，我将自己置于一个多么愚蠢的处境。除非把德里克找出来，否则阿尔玛姑婆全部的钱都将落入范瑞斯那个马屁精的手中，可是德里克究竟躲在哪里，我毫不知情！于是，我记起了白布莱克顿的那封信，我想，我得试试密码信那一招。我在帕丁顿，给自己寄了那张明信片。

当我得知白布莱克顿之行竟然起到那么好的效果时，我高兴得都要哭了。可是，后来……好吧，情况就是这样，而现在我竟然落到了这步田地。我会因密谋策划骗取的罪名遭到起诉吗？我想会的。不过，除非你们能证明德里克还活着，否则，这一切都毫无意义。如果你们能找到德里克，那么，我们就可以拿阿尔玛姑婆的钱清偿所欠的债务了。总的看来，我现在感觉比上个星期好多了。"

"嗯！"雷兰德说道，"根据你本人所述，你一直在密谋实施违法之事。但是，我真的不知道，你的行为是否会被提起诉讼。我还有问题要问你，你是否把所有的事都交代清楚了？或者说，你是否还打算再抛出一些什么花招，就像之前那些让我们这十多天以来一直努力去解开的谜团一样呢？"

"不，我想没有……噢，是的。当然，我还做了一件事，不过，不是很重要。你知道，在我找到那条独木舟的时候，发现底部有个洞，这令我非常担心，因为德里克的失踪，必须得让人们以为是意外死亡。可是，船底的那个整齐匀称的小洞却让人联想到谋杀或自杀，或是其他什么鬼把戏。没有人会认为，那是一次意外。这时，我想到，要是那个洞的边缘不是如此要命的整齐的话，人们也许会把它当成是一次意外。喔，你知道，跟我一起来的那个家伙正像一只老练的海豚一样，一头扎入了水中。于是，我拿起一块尖利的石头，在船底那个洞的边缘四周鼓捣了半天，希望看起来像是独木舟搁浅了，因而在船底撞出了个洞来。"

"哦，是你干的吗？"布莱顿说着，双眼放出炯炯的光芒，"你匆匆忙忙凿那个洞的时候，是不是无意间把它弄大了？"

"呃，是的，很有可能。那个洞刚开始挺小的。"

布莱顿站了起来，两只手插在上衣口袋里，一边吹着口哨，一边在房间里来回踱着步子。

犯罪过程再现

"不，"布莱顿说，此时，他正和雷兰德一起划着桨，向上游的西浦科特船闸前行——这似乎已经是他们第五十次去那里了。"我认为，奈杰尔·伯特尔的故事并非没有一点可信之处。我从未上过大学，不过，我完全能够理解，一个像他那样装模作样的人，在'大学时光'即将结束之时，可能在情感上经历一种突如其来的剧变。在那样一个小圈子里，对于一个有自我意识的人来说，不装模作样，不理会别人对自己的看法，或者不在乎别人对自己是否有看法，肯定很难做到。如果他真正的个性不值得加以掩饰，他也就不会给人留下一种虚假的印象。如果他想要完全抛开过往的一切，就必定会产生一种回归单纯情感的愿望。不过，话又说回来，不幸的是，谋杀也是一种单纯的情感。如果奈杰尔已经回归那种情感，我绝不会感到惊讶。你知道，他是如此的巧言令色，令人讨厌。他一面向我们言辞切切、敞露心扉，一面却又对我们隐瞒了关键性的事实。这种事他绝对干得出来。不过，他已经把自己不在现场的证据彻底粉碎了，这一点是肯定的。如果那只独木舟的底部只有一个针头大小的洞，即使风和水流将它带到天边，舱中也绝不可能注满了水。真该死，事实确实如此。为什么谋杀不可能是发生在独木舟离开那座铁桥之前呢？如果是那样的话，为什么不可能是奈杰尔干的呢？"

"我知道，我知道。不过，你一直把这一点看成是整件案子的关键。可在我看来，这件案子的核心在于案发过程所涉及的时间问题。"

"好吧，我们现在就去查个水落石出。"

"是的。不过，我还不确定，我们对案件过程进行再现，是不是一个公平的测试。你知道，你处理这个案子的时候很冷静，事先把一切安排得妥妥当当，对下一步要做什么也是了然于胸。各种干扰和突发状况不会打乱你的行动计划。你在岸边脱掉衣服，事后再穿上时，你衬衫上的饰纽不会遗失在草地里，一只袖子不会反塞到衬衫里面而后再被拽出来，因为你并不是真的在赶时间，只是假装很急的样子。在二十分钟的时间里，要杀掉一个人，还要赶上一趟火车，从理论上讲，没有什么问题，可实际操作时，你一定会惊慌失措。比方说，那两张照片。你认为，那张有足迹的照片是无意之中拍下来的，我敢说，你的判断是对的。不过，那张在独木舟里的尸体的照片却是刻意拍下的。哎，你平常也拍照片，对不对？想想看，为了拍好一张照片，你事先得伸开腿、斜着眼睛瞄来瞄去，还得不断变换各种姿势，不知要折腾多久。对于一个急着要去赶火车的人来说，他能做到这所有的事吗？这对他来说，是件生死攸关的大事。这正是我不能理解的地方。"

"是很难，我承认。我猜想，难道就不可能用其他刻意想到的方法来拍那张照片吗？不……等一下，不过……我说，雷兰德，你有没有碰巧把我给你的那张照片带在身上？"

"当然带了。我们希望把这件事情搞个水落石出，不是吗？它在我的上衣口袋里，就在船头上放着呢，你够得着的，可别把船弄翻喽，好，慢慢走。"

布莱顿拿回那张照片，凝视了足足有半分钟。然后，他从肩头将照片递给雷兰德，问道："你有没有注意到，照片中的阴影有什么奇怪之处吗？"

"你的意思是……天呐！我们多傻啊！这个阴影是从左向右的！"

"这张照片是面朝北的……拍摄的时间应该是上午九点钟。不，这样说不通，对吗？真奇怪，我们以前怎么没想到这点。我们知道，他们那天是在傍晚时候返回来把尸体运走的，那么当然，他们就是在那个时候把尸体放入独木舟中拍了那张照片。"

"确实如此，可是第五张照片怎么解释呢？就是那张有足迹的照片。那张肯定是在早晨拍的，因为可以看得出来，那些足迹还是湿的。我们确信，那些足迹早晨的时候就在那里了——伯吉斯可以证明这点。"

"噢，这些足迹毫无疑问就是在早晨拍的，不然的话，台阶上会有影子——你看，它们面朝东。不过，那么，我总认为那张照片是无意间拍下来的。假如奈杰尔往台阶上走的时候正拿着相机，走到最上面一层台阶时，他的脚下打滑，于是那张照片立即就被拍了下来。"

"是的，如果真是无意而为的话。不过，我现在开始思考，为什么这张有足迹的照片不可能是在晚上拍的呢？难道你看不出来，他们只需在桥左边而不是右边的台阶上伪造出一些足迹就行了。这样，傍晚时候拍的照片看起来就像大清早拍的一样。"

"你真行，雷兰德！只是，我还不明白，这么做的目的是为了什么。你知道吗，整个事情还是不大对劲。为什么凶手们想要留下一些痕迹，来证实德里克已经被谋杀呢？他们到底想要给我们留下什么印象，而你我却如此愚钝，始终无法明白呢？一切都混淆在一起了，在这一点上，他们做得太过火了。但是，在我看来，似乎完全没有意义。"

"无论如何，我们已经搞清楚了一点。今天早上，当你在做小小的表演时，就不必随身携带相机了。在你去赶火车的路上，要做的只是用尽可能最快的方式把尸体从船上拖下来，然后再把它拖到黏土铺就的岸上而已。顺便问一句，你打算怎么处理一具假尸体呢？要是让我来假扮死尸，我肯定死定了。"

"我们得从伯吉斯那里借点东西，一卷地毯就可以。嘿，到了这座可爱的小岛了。你下船去拍照，我划到上游的船闸去，问吉伯斯先生借一块最好的地毯。"

雷兰德小心翼翼、有条不紊地拍了六张蔓延在蕨丛中小路的照片，还拍了两张河岸的特写镜头，河岸被黏土覆盖。等他拍完照片，布莱顿已经拿着一大卷油布回来了，把它放在小岛左边的岸上。几分钟后，他们的船进入西浦科特船闸。他们让伯吉斯先生继续留在花园里干活，继续留神观察，以确保他们所有的活动都不在他视线的范围内。虽然伯吉斯先生不明白为什么要这么做，但他很顺从地照做了。船闸下游的闸门打开了，布莱顿站在台阶最底下一级，使劲将独木舟向前一推，独木舟便驶入河中，载着手中握着秒表的雷兰德，快速地向下游漂去。布莱顿不紧不慢地迈着步子，朝拦河坝那边的桥走去。他一过那座桥，就发觉自己躲过了伯吉斯先生的视线，随后他以全速沿着河岸跑了大约四十码，接着坐下来脱掉衣服，身上只剩下一件游泳衣。他悄无声息地进入拦河坝的溪流中，游到河对岸，然后义无反顾地在小岛最南端的矮树丛中穿行而过。在船闸这边，雷兰德正在河上缓缓地漂流着。很显然，以这种速度，他得花上一段时间才能到达那座铁桥。布莱顿跑到铁桥上，倒着走上台阶，从桥上跳入河中，游到独木舟旁，将小舟拖至岸边，上了船，全速划着它驶过那座铁桥。过桥后，他上了岸，吃力地把雷兰德搬到岸上，然后倾尽全力把那卷油布拖到小岛的中央。此时，雷兰德已把独木舟系好，走回船闸，然后骑着伯吉斯先生的自行车，沿着那条田间小道赶往火车站。只过了片刻，他便听到三角帆农场方向传出一阵令人振奋的犬吠声，这说明布莱顿的任务已经完成，重新穿好衣服，正匆匆忙忙往这边赶来。

"对不起，先生，"那个气喘吁吁的人刚出现在拐角处，雷兰德便一本正经地说道，"九点十四分的那趟火车刚离开。不过，你的时间把握得很好。我记录了，你用了二十五分钟的时间。你知道，可以想象，如果车晚点四五分钟的话，奈杰尔一定赶得上那趟火车。你这一路上被什么事情耽搁住了吗？"

"是的。我把一只袖子塞到衣服里面了，得翻出来。去你的，这都是你暗示起的作用。三角帆农场有一道该死的带有倒刺的铁门，我必须得爬过去。那道门看起来，好像应该是没有锁住的。真该死，我光想着去测量奈杰尔光着双脚从蕨丛里经过的速度，却没有想到这一路走得如此艰难。奈杰尔或许做过所有这一切，不过,他如果真这么做了,那他绝对是个十足的傻瓜。"

"你浪费时间的地方，"雷兰德说道，"是爬那些台阶。据我估算，如果你从再高一点的地方跳下去，游向那只独木舟，上船后马上开始划桨前行的话，你至少可以节省三分钟。既然这么做浪费时间，他到底为什么还要这么做呢？伯吉斯不大可能为那些足迹的事撒谎。"

"我想，我现在开始明白了。让我们这样来考虑这件事——第六张照片，我们现在知道，是傍晚时候拍的。到目前为止，我们一直想象，那些足迹是奈杰尔（或某个人）走上台阶，去拍独木舟中的德里克时留下的。不过，那些足迹早晨就已经在那里了，而照片却是在傍晚时拍的。那么，究竟为什么足迹会在那里呢？你看着我倒着走上那些台阶，我看起来肯定特别傻。确实，我也感觉自己像个傻瓜。就像你说的，这纯粹是在浪费时间。这让我怀疑，那些足迹是故意留在那里的，为了给我们制造某种假象。"

"你说的都没错，可是，只是因为偶然伯吉斯才走到那边，看见了那些足迹。如果他不是正好在那时候碰巧过去，那些足迹根本就不可能制造任何假象，因为根本没有人会看见。"

"的确如此。还有，难道你没有看出来吗？那就是为什么必须把它们拍下来的原因。留下那些足迹的目的，就是为了把它们拍下来，而且那胶卷也是故意丢在附近的。既然如此，那么凶手究竟想要制造什么样的假象呢？"

"天晓得。"

"我有同感。从一开始，这些足迹就令人费解。它们只出现在铁桥一侧的台阶上，而不是两侧都有。而且，它们只朝着一个方向，而不是有来回的。这就告诉我们，要么是独木舟中的某人撑着双臂将自己拽到了桥上，然后顺着台阶走下去，要么就是有人倒着走上台阶，然后从桥上跳入水中。这两种意图都毫无意义，因此，绝不是一个思维敏锐的罪犯想要制造的假象。"

"真遗憾，他居然不愿意多费点心思，好让自己制造的假象万无一失。"

"难道你不明白为什么吗？他以为，老伯吉斯会继续在花园里翻翻土的，可他怎么能料到，他会突然跑到岛上的树林里寻找母鸡呢？那些足迹并不是打算让伯吉斯先生或是其他任何人看见的。"

"那么，究竟为什么……"

"足迹并不是打算被谁看见的，不过照片却是故意要被人发现的。现在，假设伯吉斯根本没有注意到那些足迹，也没说出那些足迹的事，可是我们却发现了那张照片，那我们应该对这些足迹作何猜想呢？"

"我明白你的意思了。我们应该猜测，他们径直穿过铁桥，从这一边到那一边，沿着桥两侧的台阶走过去……是的，我明白了。他们原本打算使这些足迹看起来像是一个人光着脚，从泰晤士河西岸跨过这座桥走到了那座小岛上，对吗？"

"瞎说。如果罪犯是那样走的，而且边走边拍了那张照片的话，照片上就不会有任何足迹，因为那个时候还没有足迹呢。你必须先留下足迹，然后才可以把它们拍下来。不，这张照片的目的是想让我们以为，一个人是倒着从小岛走到了泰晤士河西岸。事实上，它是想告诉我们，凶手事后朝着拜沃斯的方向逃跑了。"

"换句话说，他不是由水路离开的，也不是朝三角帆农场和火车站的方向去的。"

"完全正确。这倒让我们想起了一个有趣的事实，有一个人确实是朝着火车站的方向去的，那个人就是奈杰尔。"

"喂！那么，你是准备站在他那一方了？"

"我可没有那么说，不过我对奈杰尔还是有所怀疑的，仅此而已。"

"你现在有火柴吗？"

"我刚用完最后一根。不过，站台那边有个自动售货机，我们走过去并且聊聊，然后再回去。"

他们站在下行列车月台上时，不远处响起一阵隆隆声和汽笛声，一个漫不经心的检票员立刻表现出很关注的样子。一列来自牛津方向的火车，就像意识到自己是个稀客一般，高傲地喷吐着烟雾，驶入了车站。只有一个乘客下了车，他是个身材高大，体格健壮的年轻人，身上穿着一件棕色的雅格狮丹夹克，半遮半掩间，露出了里面穿的一条运动短裤。他迎面碰上了那个漫不经心的检票员，开始翻找每个口袋，最后终于找到了车票。可是，他却没有留意，一张带有齿孔的粉红色纸片飘落到地面。我所说的"没有留意"，指的是那张纸片的主人。雷兰德和布莱顿迅速交换了一下眼神，还没等那个陌生人转过身来，他们已经扑过去，一把抓住了那张纸片。

"这真是太好了，简直令人难以置信，"他们把纸片翻了过来，雷兰德兴奋地说道，"这肯定就是那个坐着方头平底船的人，在伊顿拿到的那张过闸票据。F－N－2，哎呀，假如我们不是碰巧发现它的话，这个可恶的数字就会永远留在我的记忆中了。快，我们怎么办？"

"我马上返回独木舟中，到上游去拦住他。他不可能是回来取那条方头平底船的。看，他已经顺着那条大路走了——朝着米林顿桥去了。"

"我会跟着他。我想，如果他是往下游去了，你可以在我们会合的时候把我接到船上。喏，自行车给你。天哪，这真是一天完美的结局。"

黑夜行

　　布莱顿划着独木舟沿河而上，速度并不快。之前在船闸那二十五分钟的杂耍表演已经让他精疲力竭了，而且他也没必要那么赶了。假如那个陌生人坐平底方头船顺流而下的话，无论出现什么紧急情况，雷兰德都会紧紧跟着他。在他找到夜晚投宿的旅馆之前，或是找到带他重返"文明世界"的公路之前，他必须先到达米林顿桥。布莱顿乘着这艘轻快的小船，先到达米林顿桥是轻而易举的事。事实上，当米林顿桥出现在他眼前，在落日的余晖中，银白色的天际映衬出灰暗的桥体轮廓，他看见一个人影正斜倚在桥边低矮的护墙上，朝他打招呼，那是雷兰德的声音："把独木舟系在木筏上，到我这儿来吧。我正在这儿守着他呢。"

　　米林顿桥不是那种单向交通的桥梁——我们节俭的祖辈们喜欢的那种。它的桥面很宽，足够一辆卡车经过。不过，由于某种设计比例的问题，每一个突出的桥墩上都有一个尖角，可供行人躲避危险和路面溅起的泥浆。在这些点位上，斜倚在低矮的墙上倒还容易，但是要阻止人们这样做，却不太容易。桥下悠悠的流水似乎在嘲笑着你的顾忌，让你无所事事，裹足不前，可是，五分钟过去了……十分钟过去了……十五分钟甚至一个小时就这样过去了，你依然站在原地不动。对于雷兰德和已经跟他会合的布莱顿而言，他们身上没有表现出丝毫类似的顾忌。那个陌生人似乎选了一条沿河而下的顺道，而雷兰德也没费什么力气就超过了他。再过几分钟他就该到了，而与此同时，他们也无事可做，只能看着桥下的流水，讨论眼下的计划。

　　傍晚的云彩送走了落日，威严的退场仪式备感轻松，在晴朗而广阔的天空中，它们彼此追逐，欢快跳跃。天空本身从火焰般的金黄色转变成银箔色，随后又逐渐褪变成银白色。悬浮在西方地平线上的云海，聚集在岛屿、岬角和陆地的上方，中间隔着一片火红的海湾和礁湖，向南方飘荡着，散开成为各种奇形怪状的东西，时而像一只蜥蜴，时而像一棵倒置的悬铃木，时而又像是一只喷壶，此刻则变成了一个挥动着大啤酒杯的老者。它们列着队，向前进，仿佛乡村集市上打靶场里的滑稽小丑靶子一样。云朵的颜色从深红变成深紫，由紫色变为石蓝色，空气中也渐有凉意来袭。在昏暗的光线中，泰晤士河仿佛失去了白日里的友善，呈现出一种更为严肃的魅力。河面上斑驳的光影不再眩目，却更显庄严；倒影的反差不再明显，却显得更加深不可测。大自然陷入一片寂静，让你下意识地低声细语起来，犹如仙女驾临一般。在桥拱的最右边，也就是他们站立之处的下方，一棵营巢而又盘根错节的柳树，随着第一缕微风的吹来，枝叶微微抖动，仿佛在窃窃私语。

"他应该马上要到了，"雷兰德说，"等他从拐角处一出现，我们就慢慢朝着独木舟的方向走——他应该不会认出我们来。我担心，他可能会在这里过夜。如果那样的话，我就得留下来。而你呢，如果不介意的话，应该回去看住奈杰尔。你介不介意走路回去？我想留着这条独木舟。"

"一点也不介意。这么美好的夜晚，正好适合散步。不过，我打赌，他不会在这里过夜。他还有时间通过西浦科特船闸，而且能在光线朦胧之下通过船闸，对他而言，更有利。"

"你的意思是，他怀疑自己被跟踪了？"

"至少，他肯定知道，自己正在进入危险中。"

"我敢说，你是对的。岂有此理，他为什么还没来？如果他一直往前走，我们就得坐在船上跟着他，要与他保持安全的距离。"

"过船闸的时候怎么办？如果伯吉斯在我们通过水闸之前，把闸里的水蓄满又排出的话，那此人可就远远地跑到我们前面去了。"

"我想过了，我们俩把船划到拦河坝那边去。当然，这样一来，我们就走到他前面去了。走到拦河坝支流的末端，也就是它和船闸主流会合之处，我们就过河到对岸的拜沃斯去，然后藏在灌木丛中等他经过。我们就把独木舟系在岸边，他不会对此产生怀疑的。我们还可以跟着他，当然，我们无法准确判断他下一步会怎么做。"

"是的。不过，我认为，他没有理由知道，英国伦敦警察厅刑事调查部的雷兰德探长已经把自己的指挥部设在了伊顿桥的古郡旅馆吧。"

"据我所知，他应该不知道。也许对我们来说算是幸运的。见鬼，他究竟在等什么？"

他们仍然站在那里，大约五分钟左右。接着，在位于他们左侧最远处的柳树那边，一只撑着方头平底船的竹篙很有节奏地一上一下划动，背叛了陌生人的动向。两个跟踪者不约而同地转过身，朝着桥的另一端慢慢走去。就在那支忽隐忽现的竹篙即将在下游消失之际，他们已经上了船，划着桨，悄无声息地尾随他而去。

这是一趟可以想象的、最为简单的"盯梢"工作。他们只要紧贴着河岸走，留神盯着那几个转弯处就可以了。至于其他的，他们只需要紧跟着前面那团白闪闪的光也足以应付了，虽然有时会被一簇簇的灯芯草，或是某个凸出来的河岸所遮挡。但是，凭借优秀的机动性，他们可以随时加速前进，飞快地赶上前面那位逃亡者。不过，他们不希望，也没有必要赶上他，只要确保他朝着伊顿桥方向去就足够了。无疑，他一定会在那里或在那附近过上一夜的——已经太晚了，他不可能要求再打开另一座船闸。还有哪次的追捕行动像这次一样轻松自如、悄无声息的呢？整个过程如此之短，如此轻松，猎物又是如此尽在掌握中，他们几乎有些失望了。他们一路前行，暮色更浓，天色逐渐深沉，从银白逐渐成了深蓝色，稀稀落落的农庄里亮起了灯光，田野里的牛群变成一片片模糊的灰影。

　　在西浦科特船闸处的沟通需要加倍小心。他们不得不等到那个陌生人完全进入船闸，甚至等到闸里的水位开始回落时，才可以在不被人发现的情况下悄悄到达拦河坝。不过，幸运的是，伯吉斯先生并没有急着把船闸的水放掉，特别是到了晚上，他一心只想着赶紧上床休息。与此同时，他们没费什么力气就把独木舟从矮草丛和大鳍蓟上拖了过来。由于刚刚耽搁了一点时间，他们便顺着拦河坝的支流，向下游猛划了一阵桨，这才算松了一口气。在那条方头平底船还没进入他们的视线之前，他们早已到达了小岛的另一端，穿过河流交汇之处，把独木舟系好了，然后隐身在距离它仅几米远的一棵柳树下。他们静静地等了一会儿，接着就听到有沉闷的水波在船头荡漾开来的声音，间歇还能听到竹篙碰撞船舷的声音。

　　然而，当看到系在岸边的独木舟时，那个陌生人似乎并不像雷兰德期望中的那样，对它毫无兴趣。他手持着竹篙停了片刻，显然是在犹豫着什么，甚至（神秘兮兮地）有些恐慌。他鬼鬼祟祟地朝四下里张望，然后，突然迅速地向外猛力一推，撑着他的船靠近了系独木舟的地方。雷兰德和布莱顿对他的举动都感到迷惑不解，甚至张皇失措。此时暴露他们的存在显然不合时宜，而且说实话，甚至有点荒唐可笑。而与此同时，不管那个陌生人对那条独木舟的存在表现出什么样的兴趣，也不太可能费力地把它拖走。不过，他们忘了还有一种可能性。那个人紧张地环顾四周，迅速抓起闲置在独木舟中的两只桨，扔进自己的船中，接着使劲推了一下桨，又向下游出发了。

　　一条没有了双桨的独木舟，就像是一艘断了桅杆的船一样，几乎毫无用处。你或许可以临时找些替代船桨的工具，但是它们带着你走不快，也走不远。米林顿桥原本近在咫尺，此刻却犹如远在天边，甚至连过了河，走那条现成的纤路都绝无可能了。返回西浦科特船闸再找一副船桨将浪费宝贵的时间，而利用一下向伯吉斯先生借来的那辆自行车倒是个更加开心的解决办法。不过，布莱顿骑着它沿着那条田间小路从车站返回时，不幸将轮胎扎破了。这两个被困之人把所有可能的办法全都想了一遍。一有灵感突现，他们便迅速地讨论一番，结果一切都是枉然。布莱顿建议，他可以尝试拖着那只独木舟游到河对岸去，不过风是从东边吹过来的。于是，他们一致认为，这种努力，即便事实上行得通，也不过是浪费时间而已。事实上，沿着这边的河岸继续前行，以及凭运气可以像急行军一样通过那片田野，除此之外，他们实在别无办法。

这本是一个令他们感到充满希望的美好前景，却又突然陷入进退两难的尴尬之中。起初，只有来自地里长及腿部的干草的牵绊，让他们感觉不舒服，但是，干草很快被蕨丛替代，踩上去更加粗硬，纠缠得也越发紧密。在无边的黑暗中，他们踩着坑坑洼洼的小洞和一条条隐蔽的小溪，跌跌撞撞地向前走着，或是费尽气力地走过一片片嘎吱作响的泥沼地。接着，他们又遇见了一道满是倒刺的铁丝网栅栏，还有一条条水草茂盛、长满柳树的小溪。牛蒡和大鳍蓟组成的树篱，竖起一道道恼人的屏障，遮挡着视线，根本无法找到两侧的台阶。在黑暗中，每段路似乎都显得格外长，西浦科特船闸和伊顿桥之间这段他们原本十分熟悉的路程，此刻竟不断延伸为一场梦魇。他们跌跌撞撞地陷入了泥沼之中，双脚又湿又滑，无数的荆棘和干草籽令他们的双脚刺痛不已。许多令人不快的细节，这些细节本身的荒唐可笑（如果是在白日或是闲暇的时候面对它们，这些细节根本无足挂齿）使得此刻的夜行犹如殉道一般。疲劳和紧张的神经好像有魔法一样，令他们心中浮现出一幕幕令人不安的情景，这些情景难以控制地嵌入他们的想象之中：那个陌生人把方头平底船留在了伊顿桥，然后骑摩托车返回了牛津；那个陌生人神不知鬼不觉地把左摇右晃的船划向下一个水闸；那个陌生人悄悄溜进了古郡旅馆，与沆瀣一气的奈杰尔密谋着什么。当他们到达那个弃置不用的船屋时，竟误将其当成了古郡旅馆。而当他们到达古郡时，他们还在纳闷，天为什么还没有亮。

当然，一路上，他们始终没有看见那条方头平底船的影子，甚至连半个摸黑赶路，或许可以为他们提供些消息的游客都没碰上。他们憋着一肚子的火，垂头丧气地回到了古郡旅馆，脑子里除了想着赶紧坐下来吃点东西之外，什么念头都没有。

"你们这两个可怜的人呐！"他们一进门，安杰拉便大声喊道，"晚饭就在桌子上，早就预备好了。我觉得自己就像连环漫画杂志上那个被抛弃了的妻子，彻夜不眠地等候出去打牌的丈夫。对了，我告诉他们生火了。快进来吧。"

没有，据她所知，没有坐着方头平底船的人打此经过。不过，现在旅馆还没到打烊的时候。事实上，酒吧间还有几个人在喝酒呢。"跟你们说实话，我刚买了一整瓶威士忌酒，以免你们回来得太晚，酒吧间关门了。他们都用无比惊讶的目光看着我。奈杰尔在楼上睡着了，医生说，他明天就可以下床稍微活动活动了。吃完晚饭再告诉我你们都干了些什么。"其实，他们也几乎没有力气再说话了。于是，安杰拉立刻以"去给孩子盖好被子"为借口离开了，留下他们两个男人单独在一起好好谈心。直到雷兰德垂下目光，看着第二杯酒见了底，这才问道："哎，接下来怎么办？我真是该死，竟然忘了把船桨从独木舟中取出来，这辈子都不会原谅自己。"

"真见鬼，不过，我们怎么会料到，他知道自己正被跟踪，知道独木舟已经走到他前面去了呢？这是我到现在还想不通的地方。如果他有任何感觉，意识到自己正在被人跟踪，并且不想被抓到的话，他就该把船留在桥附近的某个地方，然后由公路走回牛津去。也许，他还可以赶得上最后一班公共汽车，及时赶回牛津。当然，如果你觉得自己还有力气，我们可以开车去牛津，看看是不是可以通过那班车上的人找到他。如果他继续从水路走的话，那他可真的太胆大妄为了，简直令人难以置信。"

旅馆过道里什么地方的门开了，有那么一会儿，他们听到从酒吧间里传出农民们高声争辩的声音，又听见厨房里飘过收音机打开的嗡嗡声。门又关上了，过道里响起了脚步声，若有若无，好像是有人犹豫着不知该往哪边走。正在这时，他们听到安杰拉的声音在问："你是在找人吗？"一个陌生的声音回答道："不知道，我能否见见雷兰德探长。很抱歉，这么晚来打扰他，可是事情真的很重要。我叫范瑞斯，您能

229

帮我通报一声吗？爱德华·范瑞斯。"

　　一个有着这样名字的人，我们绝不能让他在外久等。安杰拉朝房间里看了一眼，扬起眉毛，为这位刚到的客人打开了门。在黑暗中步履艰难地走了很长一段时间之后，那两双依旧眨个不停的眼睛同时向门口望去。没错！他们看见站在门口的，正是坐着方头平底船的那个陌生人。

另一个故事

　　爱德华·范瑞斯先生体格健壮。不过，不知为何，他的言谈举止总让人想起那个所谓的传说，就是那种被"一帮从未婚嫁的姨婆们抚养长大的"传奇人物。他说话的音调经过精心调整，发音标准纯正，没有丝毫差错；他思路清晰，讲话条理分明，毫不费力；他不时抬手掸掉裤子上的烟灰，带着一种让人厌烦的挑剔劲儿。总而言之，从这些第一印象中，你或许已经猜到，库尔曼夫人本想找个女伴，而且最终她也总算是如愿以偿了。

　　"我想，我的名字各位一定熟悉，"他开口说道，"假如，假如我没猜错的话，你们在此地的出现，是和伯特尔家族近来发生的种种事情有关吧。他们的姑婆，库尔曼夫人，一向待我很好。事实上，我是她的养子。我有幸成为她辞世前见到的最后一个人，尽管这种荣幸令人伤感。谢谢！是的，苏打水。马上送来，谢谢！"

"我或许应该解释一下，伯特尔堂兄弟二人本人并不认识我，我只是在他们很小的时候见过他们。一方面，因为他们很少去看望他们的姑婆；另一方面，也是因为我觉得，他们肯定会把我视为这个家族的闯入者什么的。不过，我早就听说，他们的名声一向不大好。所以，我当时感到非常遗憾，库尔曼夫人在她生命的最后阶段，竟然对他们重新产生了兴趣。不过，这事我不应该干涉。所以，当她向我问及他们的品行时，我并不想一一列举给她听。我只是说，很不幸，他们两人彼此之间的关系不好。当然，这是众所周知的。"

"库尔曼夫人的性情一向有点专横，她喜欢左右别人的生活。她立即决定，这种负面评价必须从他们的家族中除去。因此，就在不到一个月前，我按照她的口授——因为她的视力开始有点不行了——写了一封信给他的侄孙德里克，催促他和堂弟和好。不久之后，他回信了，信中的措辞令人不禁觉得他有几分虚情假意。他写道，奈杰尔和他已经决定既往不咎，现在他们之间经常有交流。而且，事实上，就在他写那封信的时候，他正准备着和堂弟一起乘独木舟，去泰晤士河旅行呢。那次旅行是医生为他的健康着想而向他推荐的。不过，他相信，这次旅行因为有奈杰尔老弟的陪伴，必将成为一次愉快的旅行。"

"我对此事的态度，肯定引起库尔曼夫人的怀疑。库尔曼夫人很生气，和其他不幸患有心脏疾病的人一样，库尔曼夫人非常激动。她问我，是否真的认为德里克在撒谎？我是不是建议她，应该要求他们把那些过闸票证给她看。我承认，在我自己这方面，心里是有点不高兴。我提醒她，一张过闸票证并不能说明船上究竟有几个人。'那么，很好'，她说（我不记得她的原话了），'那么，你就自己去看看吧。就这几天，你去牛津租上一条方头平底船，沿河而上，去跟他们碰头。如果你没有碰上他们，或者如果你打听到，没有人看到他们待在一起，你就回来告诉我。'起初，我以为她是在说气话。后来，我才发现，她是认真的。说实在的，我认为她对自己两个侄孙的诚信是有所怀疑的，她自己也希望弄清楚。只不过，她想要掩盖这种焦虑，假装只是为了打消我的疑虑才这么做的。我相信，我已经把自己的意思讲清楚了。"

"出发前，我发现，这件不幸的事件对她造成了很大的影响。她告诉我，她打算立一份新的遗嘱，把自己大部分的遗产留给她那个大的侄孙。她向我暗示，在此之前，我一直是她主要的遗产继承人，这一点我早就猜到了，但不敢肯定。你们一定可以想象，我从沃灵福德出发的时候，心情有多么苦闷。而且，我觉得自己此行有点荒唐可笑，让人不舒服。如果伯特尔兄弟通过偶然的机会了解到我也在泰晤士河

233

上的话，我会落下一个什么讨厌的名声！于是，我决定采取一切预防措施。准确地说，我用卢克·华莱士先生的化名租了一条方头平底船。此外，为了避免别人说闲话，我随身带了大量食品，下定决心，绝不在沿途的任何一家旅馆过夜，直到我远远超出他们兄弟俩。我之所以担心我的防范不够充分，是有充足理由的，他们当中至少有一个人，对我的介入一直怀恨在心。"

"除了这种不自在之外，我的旅途还是蛮愉快的。我喜欢过简单的生活，喜欢独自一人享受大自然。直到过了西浦科特船闸——事实上，就在靠近西浦科特船闸的上游处——我才超过了他们堂兄弟二人乘坐的那只独木舟。我猜想，那时距离德里克令人遗憾的失踪可能只有几个小时而已。"

"对不起，范瑞斯先生，"雷兰德打断了他的话，"有一点你必须明白，你所提供的证词可能很有价值。这一路上，你还有没有看见其他人，包括在通过船闸前以及通过之后？我无须解释，你也知道，我们怀疑这是一宗谋杀案。"

"让我想想，在泰晤士河下游处，我路过一座童子军的营地。那之后，我想我没有看到其他人，除了船闸管理员。接着，就在那之后，我就看见了伯特尔兄弟俩。此后，我想，在到达米林顿桥之前，就什么人也没见到过。"

"我猜想，那应该是在大约半小时之后了吧？"

"噢，不，应该是一两个小时之后了。我在那里吃的午饭，甚至有可能有两个多小时呢。你们知道的，那天早上很热，所以，我很早就动身了。当时，我随身带着一本我很喜欢的书，于是，我就在距离船闸上游不远的地方，坐在船里看书。"

"嗯！"雷兰德说，"真可惜，你没有在船闸下游找个地方看书，要不然，会省去我们很多麻烦。我想，接着你就动身回家了吧，因为你的差事已经办完？"

"呃，没有。你知道，既然我已经在做这件事了，我就想要弄清楚，这堂兄弟二人是不是真的一直在一起。我在米林顿桥的那家旅馆打听过了，不过，听那个女招待讲，他们似乎并没有始终待在一起。于是，我又去了更靠近上游的一家旅馆，蓝牛旅馆。我希望弄清楚，那里的人是不是还记得伯特尔兄弟俩的事。再说，我确实曾计划走那么远的，沃灵福德的一个工作人员将我的信转送到那里——当然，用的是化名。幸亏我事先做了这些安排，因为事实证明，正是在蓝牛旅馆，我发现了那封随信一起送来的电报，召我赶快回到可怜的库尔曼夫人的临终病榻前。这个我当然不能耽误。我撑着船过了河，把船藏在我当时能够找到的最为合适的地方，然后穿过田野，来到西浦科特火车站，我幸运地赶上了一趟火车。"

"我担心，你们都认为我的解释太冗长了。不过，我希望你们能了解整个情况，以免认为我在瞎说。在库尔曼夫人去世之前，准确地说，是在星期三，立了一份新的遗嘱。她亲自向我解释了其中的各项条款。她已经给我留出了足够我生活的钱，不过，却把大部分的财产留给了那位长侄孙。'除非'，她补充说，'我活得比他长，而此刻看来，这一点似乎不太可能了。律师要我把你的名字也写在遗嘱上了，以免德里克无法继承这笔遗产。'你们可以想象，当她告诉我这些时，我心里是一种什么样的感受。当时已经差不多可以肯定，德里克已经死了，不过医生严令我们，不许在她面前提起这件事。"

"她去世后，我自然是被一些事务给耽搁了。但是，我没有忘记那条方头平底船，在我看来，把它带回牛津，继续我被打断的行程，无疑是使我从过去几天极度紧张的状态中恢复过来的好方法。今天下午，我坐火车经由牛津抵达西浦科特，然后回到我当时藏那只船的地方。"

"我猜想，你们会以为是我过度紧张，有点神经兮兮的。可是，堂弟奈杰尔的样子始终在我的脑海里挥之不去。我曾十分怀疑，正是他为了成为财产的继承人，而把他堂兄除掉了。我现在还是这么认为的。后来，我又想到，现在横在奈杰尔和这笔新遗产之间的，十之八九只有一个人了，而那个人就是我自己。我不懂这方面的法律，不过，我认为他下一步就要考虑提出此种要求了。假如奈杰尔最终获悉，库尔

236

曼夫人对自己的财产所做的最后处理，他会不会继续犯下另一宗罪行呢？你们知道，这只是我脑子里一个模糊的想法。不过，从西浦科特车站到泰晤士河的这一路上，我有一种很不安的感觉，我怀疑自己被人跟踪了。我不止一次回头看过，我觉得有人在跟踪我，而且他十分小心，不让我知道他在跟踪我，甚至在我撑着船，开始往下游走的时候，我依然无法摆脱这种怀疑。我十分清楚地看到，岸上有人跟在我后面。就在我即将到达米林顿桥的时候，他超过了我，朝着内陆走去。他打我身边经过的时候，我敢肯定，他打量我的眼神是绝非一般的好奇。"

"也许有点可笑，但是我决定'以其人之道还治其人之身'。我把船停到岸边，上了岸，然后沿着河岸小心翼翼地往前走，尽可能远远地藏在柳树的背后。当我到了那座桥的时候，我看见他斜倚在桥上，仿佛在等着我似的。我小心翼翼地穿过公路，然后藏在最靠边的那座桥拱之下，那里正好有一块干燥的地方。过了一会儿，我听到他和同伴在说话，他们的话使我确信，我最害怕发生的事情终于发生了。他们在跟踪我，他们和奈杰尔有着密切的联系，而且，他们有意在西浦科特船闸下游的某个地方拦住我。不过，他们的谈话中透露出两点令人鼓舞的信息。一是，他们打算在水闸主流的末端上岸——我不知道他们为什么这么做——然后把他们乘坐的独木舟系在岸上；另一个是，伦敦警察厅刑事调查部的雷兰德探长，提到他的时候他们似乎带着某种敬畏，他正住在伊顿桥的古郡旅馆。"

布莱顿强迫自己走到窗边清理他的烟斗，他不确定自己是不是可以屏住不笑。让他佩服的是，雷兰德依然坐在那里，一动不动。

"呃"，范瑞斯继续说道，"我没有勇气在米林顿桥停下来，于是，继续往下游走到西浦科特船闸，就在这个时候，我发现了他们停在河边的独木舟。我，我偷走了他们的船桨。"他想起自己当时那股机灵劲儿时，忍不住咯咯地笑了几下。"打那之后，我就再没见到那条独木舟。不过，他们也许是走陆路跟踪我的。于是，我觉得最好还是把这件事立刻报告给警方。我已经在此预订了房间，要在这里过夜的。"

"我明白了，"雷兰德说道，"噢，天呐！告诉他吧，布莱顿。"于是，他们把实情一股脑儿地讲给他听。

"既然如此，"第二天早晨布莱顿说道，"我听到的全都是不折不扣的神话。如果愿意，你还可以继续怀疑他。当然，我对他的疑虑也没有消除。不过，我现在要到牛津去对艺术家奈杰尔的表演再做一次测试，一起去吗？"

"恐怕不能。这家旅馆里有太多可恶的嫌疑犯了，我打算盯着点他们。"

于是，布莱顿独自一人去了牛津。他带着雷兰德的笔记，走进威克斯戴德先生那家著名的鞋店，询问奈杰尔·伯特尔是否是这里的顾客，如果是的话，他们是否有他足部尺寸的记录。他们惊恐万分，向他保证，伯特尔先生当然是在他们那里买鞋的，伯特尔先生是牛津城里穿着最讲究的一位年轻绅士，他们当然有记录他的尺寸。他们拿出一本厚得惊人的册子，里面记录着每一位客户详细的足部信息，简直称得上是一部完整的资料汇编。即使牛津大学里孤高倨傲的老学究，要是他的脚上长了个鸡眼，也会在此记上一笔。的确，新一代的年轻人还没有留下绝对精确的足迹复制品，但是有大致的图样，是用铅笔比着真人的脚描下来的，和实际的构造并没有什么两样，没有说明的其他细节则记录在页边的空白之处。册子上的名字是以字母顺序排列的，除非你跟威克斯戴德先生结清了账单，或是表明日后不再光顾此店，否则你的名字永远不会从这里消失。

布莱顿懒洋洋地一页一页翻着，慢吞吞地看着一个又一个的名字，仿佛害怕自己要找的名字出现在眼前又给漏掉似的。他看到了自己的姓，心里纳闷着，牛津城里是不是还住着自己素未谋面的什么亲戚。终于，他找到了"伯特尔"。他强忍着自己的兴奋，开始慢慢地阅读这份包含了大量纪实材料的记录。"我在此处看到了有关锤状趾的记录。"他说道。

"锤状趾？哎呀，不会的，先生，伯特尔先生的脚趾笔直得很，绝对正常，您肯定翻错页了。先生，让我来——这儿是'脚趾的形状'。您瞧，根本没有什么锤状趾。"

　　"没错，我明白了，"布莱顿说，"是的，真该死，我明白了。"

布莱顿又玩起了单人纸牌游戏

"你们会震惊吗？"奈杰尔问，"如果你们认为这个案子是我犯的。"

这是他病倒以来第一次起身，得到雷兰德的允许之后，他几乎把所有的衣服都套在了身上。安杰拉坐在他的对面，面无表情地织着毛衣。在他生病卧床期间，她的态度一直很尴尬。很显然，他决意在彼此之间建立更为正常的关系。

"我年龄够大，不会上当的，"她说，"你是想让我明说，或者暗示，我认为不是你干的。你倒不如问我，假如我知道是你干的，会不会感到震惊吧？因为，毕竟，怀疑一个人和定一个人的罪，这之间还是有很大区别的。所以，我只是稍微有点吃惊，如果你懂我的意思的话。"

"可是，想到和你谈话的是个杀人凶手，你不会感到震惊吗？"

"当然会。假如我在报纸上看到一个素不相识的人扭断了自己的脖子，我不会感到震惊——不太会。但是，如果我的理发师扭断了脖子，我就会很震惊。至于为什么，我就不知道了。"

"可那是两码事啊。"

"我也不知道。我认为，极度正直的人即使和邪恶之徒私交不错，从道德的层面来看，也不会赞同他们的所作所为。可是，像我这样普通的凡人，并不会真的非难他们，只是有点吃惊而已。你得重新调整自己的价值观，让自己接受，昨天和你一起喝茶的那个人其实就是抢劫银行的那个人。所以，依我看，当某件事情突然发生时，那种吃惊的感觉，就是震惊。"

"或许你是对的。但是，听我说，假如我这样告诉你，如果我能确定杀死我堂兄不会被送上绞刑架，我会随时乐意把他杀死，你会感到震惊吗？"

"冷静点，不要说你不想讲的话。记住，我会忍不住向我丈夫喋喋不休的，我或许会把你讲的话说给他听。"

"噢，没有关系。我敢肯定，你的丈夫认为，依照我的道德水准，我们什么罪行都有可能会犯的，雷兰德也是这么认为的。假如他们能找到解释我实施谋杀的方法，明天就会把我关进监狱的。因此，他们如何看待我这个人，无关紧要，我只是想知道，你是怎么看我的。"

"我已经告诉你了，我只是稍微有点吃惊。不过，光听你说，为了些不值一提的小事，你会谋杀自己的堂兄，我不会感到震惊，因为我相信，你说话不是当真的。"

"但是，我说的是实话，我是当真的。我认为，像德里克那样的人，是没有权利存在的，而且我不明白，除掉他有什么不对的。当然，因为自私——我这么做只是为了满足自己的感觉，为了自己的腰包。但是，这么做没有错，因为他没有权利活在世上。像他那种家伙，无论以哪个标准来衡量，都完全没有资格活在世上。牧师们对他的所作所为不以为然，他对国家没有任何贡献；从美学的观点来看，他压根儿就一文不值。他既不懂得享受更高层次的乐趣，也无法帮助他人享受这些乐趣。我就是觉得，他一点用处都没有。"

"噢，可是，对我而言，这些似乎都是一派胡言。人是不应该有高低贵贱之分的，每个人的生命都应该受到尊重。不能因为你懂得欣赏斯克里亚宾，而德里克不懂，所以杀死德里克的人就要比杀死你的人更有道理，这种想法太荒唐了。"

"那完全是我个人的看法。我其实也并不十分确定，自己是否有权利活在这个世上。我过去做了很多傻事，自欺欺人，假如我为了钱而杀了德里克，岂不是更让自己贻笑大方？——你应该知道我不是那种人。"

像大多数把自己想象成流氓无赖的人一样，奈杰尔也希望有好女人为了对自己好而苦心相劝。有人试图改变你，只要她们语气中充满同情，表情和蔼，态度诚恳，就会让你产生一种被人看重的感觉。但是，安杰拉很擅长拒绝这样的开场白，她对人情世故的洞察着实令人佩服。"是的"，她承认说，"我认为，你会把一切弄得一团糟。我可以想象得出，你对别人造成的伤害有多么大。尽管如此，我也没有在你的食物里投毒，而且我也不会这么做。对了，差不多是时间该给你吃些——我的意思是——要不要给你吃一些浓缩牛肉汁？"

"是的，不过你这么做是出于情感上的原因吧，对不对？我的意思是，你可能连一只老鼠都不愿意杀，可是却并不介意别人把老鼠杀死。所以，你为什么会介意德里克被人杀害呢，或者说，是我被人杀害？"

"我没有说我会介意，"安杰拉提醒他说，"我只是说，我宁愿不认识那个做这件事的人，因为我觉得他不是个好人，不值得认识。"

"那么，我就是一个不值得认识的人。因为我是那种，只要有机会，只要没有其他人赶在我的前面，就会把德里克杀死的人。"

"噢，我不介意，认识那些认为自己会杀死德里克的人。因为，我认为，我不相信你是那种会杀死他的人。当然，除非你真的杀了他。"

"你这么说，是不是有点自相矛盾？"

"一点都不。事实胜于雄辩。只要你告诉我说，是你杀了德里克，那我就会相信你。你只是告诉我，你会杀了他，那我就不相信，因为我觉得你并不了解自己。当然，一个人在情绪激动的时候，情况又不一样。不过，说到冷血杀手，哎，我相信谁都没有自己所想得那么肆无忌惮和不计后果。"

"没什么两样，杀死德里克究竟会造成什么损失呢？不管怎么说，他该受惩罚。像他那个样子酗酒和吸毒，不把自己毁掉才怪。他活着有什么用呢？他只是让我无法得到那五万英镑而已。"

"如果你真有这样的想法，这笔钱只会让你自己变成个畜生。不，担心自己的行为会造成什么后果完全是一派胡言。最重要的是遵守游戏规则，而谋杀就是不遵守规则，它是一种不公平的解决方式，就像在玩单人纸牌游戏时作弊一样。"

"呃，只不过是让游戏提前结束罢了。你不会认为德里克有活下去的价值，对吗？"

"每个人都有活在世上的价值。换个说法，极少数人值得活在这个世上，但是，只要能扛得过去，你就必须得好好活着。瞧瞧你那天吧——我们都以为你是凶手，摆在你面前的只有绞刑架。可是，我们还是好饭好菜地伺候着你，如同波斯国王一般对待你。你对我们谁都没有用处，但是我们不得不那么做，因为我们必须遵守游戏规则。一旦有了例外，我们都将陷入永无休止的困境之中。"

"如果我真有什么不测，倒是上帝保佑我了。"

"可是，你做得到的。如果你躲在一片灌木丛后等着杀死某人，可他却在途中坠入河中，你一定会跳下去救他的。"

"你在试探我。如果是德里克的话，我就会让他沉下去，还会在他身后扔上一块砖。"

"不，你不会的。别再跟我狡辩了，否则我会让你躺回床上去，还要告诉你，不可以让自己激动。现在，我去给你弄浓缩牛肉汁，假如我能拿得到的话。我把它放在隔壁了，我丈夫在那里玩单人纸牌游戏呢，所以我很有可能被他轰出来。"

果然，她发现丈夫的情绪有些低落。"我想要一张公共汽车时刻表。"他说着，从废纸篓里捡回一张黑桃三。

"为什么不按铃让服务员给你拿呢？"安杰拉装出一副倨傲的神态提议道。

"我早想按铃了，可是那该死的铃声会影响我玩牌的。行行好，去帮我拿一张吧。"

"好吧。不过，先把那瓶浓缩牛肉汁递给我。"于是，安杰拉设法从楼下弄到一张卷了边的公共汽车时刻表，她站在门口，看着自己的丈夫，他正心不在焉地用拇指向不同的方向指着。"很好！"他终于宣布道，"事情开始有点眉目了。告诉司机今天下午把劳斯莱斯开过来，因为我们要到惠特尼走一趟。"

"你知道的，这边还有好多事要处理呢。"

"噢，赶快去给那个病人吃浓缩牛肉汁吧，我忙着呢。"

午饭时分，布莱顿露面了，脸上带着强忍住的兴奋表情，安杰拉一眼就看了出来，赶紧迎上去。布莱顿显得轻松自在，在范瑞斯先生面前，他天南海北地闲聊着，却只字不提伯特尔兄弟之谜。他和雷兰德单独在一起时，才问："今天早晨有什么新鲜事吗？"

"有一点，只有一点儿。可是我对此大惑不解。你还记得吗，奈杰尔告诉过我们，在这一切发生之前，他准备前往欧洲大陆旅行。喔，这件事使我想到，他很可能已经拿到护照了，我觉得，把护照交给一个如此狡猾的家伙来保管，似乎不是很保险。于是，我问了他这件事。他说，他把护照放在牛津的住所了，还把确切的位置告诉我。很显然，他留了一些个人物品在那儿，打算日后再去拿回。于是，我去那里找了半天，见鬼，连护照的影子都没有看到。"

"你认为他在撒谎？"

"当然，我们可以从办理护照的事务所查清楚到底是怎么回事。不过，我认为，他没有撒谎，因为尽管我没有找到那本护照，却找到了几张他护照照片的复印件，其中一张还有他学校的牧师签字，以证明照片上就是他本人。为什么法律总是让牧师来做这些事呢？我真是搞不懂，因为在所有的行业当中，我认为牧师所提供的证明是最为草率的。反正，我是把它们带回来了，喏，你看，在这里，如果愿意，你就好好看看吧。我觉得这算不上是一张多么好的照片，而且还很模糊，可是办理护照的那些人什么照片都能接受。"

"是的，该死！从某种角度看，确实不怎么像。不过，你确实可以看得出那个下巴是他们伯特尔家族的。对了，还有一个问题，谁拍的那张照片呢？因为你一直在各处搜寻奈杰尔的照片，却一张也没有找到。我记得你说过，你把牛津和伦敦的照相馆彻底问了个遍。"

"喔，很显然，这是外行拍的。事实上，是在他们俩游河之前，德里克帮忙拍的。至少，奈杰尔是这么说的。"

"不过，不可能是他们即将出发之前拍的。"

"没错，大约是在一星期前，那个时候他们正在一起筹备泰晤士河旅行的事。嘿，你怎么了？"

"我只是在想，或许我找到了另一条线索。事实上，我十分肯定这点。听着，雷兰德，今天下午你和我一起去惠特尼吗？"

"除非你特别希望我去，否则我就不去了。"

"好吧，我认为你也没必要去。噢，安杰拉已经在车里等我了。听着，我今天晚上可能会有非常重要的事情告诉你，所以，下午茶时间你一定要在。"

"当然，把你所有的朋友都带来，我们在这里都可以开派对了，不是吗？"

"不，我不会带任何人来。不过，假如我没猜测错的话——这次我十分肯定我是对的——我会告诉你一条消息，它将让你迫不及待电告各方。"

"又要来一次泡吧行动吗？"当汽车转过拐角上了主路时安杰拉问。

"正是如此。不过，惠特尼不可能有很多酒馆——我的意思是说像样一点的酒馆。"

"这次我们要找的人叫什么名字？"

"没什么特别的名字，只是搞清楚上个星期天的晚上是否有人在那里过夜就行。"

在第一家，也是最显眼的一家旅馆，调查已经有了结果。真没想到，这家旅馆居然还保留着旅馆住宿登记簿。毫不意外，他们发现只有一位客人是在上个星期天到达的。安杰拉靠在丈夫的肩膀，念着登记簿上面的字："考文垂，迪戈比路 41 号，L. 华莱士。"

"卢克·华莱士！"她失声喊道，"哎呀，是亲爱的范瑞斯老兄！麦尔斯，你太聪明了。可是，他为什么离开，而且还换了住址呢？上一次，他是住在克里克伍德的呀。麦尔斯，我真的一点都不明白，你是怎么会想到，来这里找呢？"

"噢，给我点时间！难道你看不出来，我其实也没有料到，会在此处发现卢克·华莱士的名字。他把我的计划全搞砸了。范瑞斯！他究竟在这里干什么呢？他到底为什么要留个新地址呢？我觉得我都要疯了。"

"我也是，除非你告诉我你在找什么。你知道吗？我特别喜欢看到你迷惑不解的样子，这个时候你就会故意像现在这样，让我蒙在鼓里，我就好像悬在架子上一般，心里一点主张都没有。"

"架子，那个架子！卢克·华莱士是为放信的架子而来的！没错，这样就完全解释通了。现在我们去问问柜台里的那位女士，看看她能否记起卢克·华莱士先生些什么。"

然而，不管是柜台小姐，还是旅馆的行李员，都不太记得关于华莱士先生的事了。他们只记得他是在某个星期天到的，到达时已经很晚了，第二天，一大早又离开了。他的行李并不多，不过他曾提及，他的部分行李留在牛津了。他还曾打听过，去牛津的火车，并且在星期一早晨乘坐早班车离开了。其他的事就不知道了。

一回到古郡旅馆，他们发现雷兰德坐在窗前的桌子旁边正在写日记，而范瑞斯先生则坐在一把椅面是灯芯草做成的、很不舒服的椅子上，正翻看着当地的人名地址录。

"好了，"布莱顿兴高采烈地对雷兰德说道，"现在轮到你了。安杰拉要上楼去问奈杰尔几个问题，等我得到答案，就可以把整件案子交给你来处理了。"

　　"你究竟要我做什么？"雷兰德问道。

　　"呃，和欧洲大陆的警方取得联系，请求他们尽其所能，查找十天前越过英吉利海峡的一个游客的行踪。他的名字叫作卢克·华莱士先生。"

　　雷兰德的脸上露出了痛苦的表情，他朝着范瑞斯先生的方向使了个眼色，以为布莱顿没有注意到他的存在；范瑞斯则脸上带着十分困惑的神情"噌"地站起身来。"英吉利海峡？欧洲大陆？可是，我向你保证，自圣诞节以来，我就没有离开过英格兰半步！真的，布莱顿先生……"

　　"没什么，此事跟你无关。只是，很显然，有人一直在盗用你的化名，很难将其描述为冒名顶替。当然，你可以视之为是一种侵犯版权的行为，不过，如果我是你，我就不会再使用那个化名了，因为盗用它的那位先生，不久之后就要落入法网了。"

　　"这一切都很好，"雷兰德表示反对，"可是，那个家伙渡过英吉利海峡到达欧洲之后，肯定会有感觉，知道得换一个新的化名。既然他可以胡乱编造一个新的化名，又为什么要一直用那个旧的呢？"

"当然，他或许会那样做。不过，既然他出于某种特殊的目的，而煞费苦心地自称为卢克·华莱士先生，因此，我料想他还会用这个名字。你知道，他认为这个身份会使我们迷失方向。"

　　"那么，他的真实姓名是什么呢？"

　　"那当然就是德里克·伯特尔。"

两套方案

其他人都还没来得及发表进一步的评论，安杰拉已经进来了，"法国、比利时，"她说道，"沿泰晤士河而上的一条很不错的路线，靠近迪彻姆马丁，就在早饭后离开的。是的，每人给对方拍了三张——德里克的建议。"

"那就解释通了，"布莱顿说，"雷兰德，我真的认为，你可以把奈杰尔的裤子还给他了。但是，我们不会现在就请他下楼，因为我可能要借他的名字用一会儿。"

"德里克·伯特尔！"雷兰德目瞪口呆地说道，"你掌握他的行踪有多久了？"

"只不过从昨天才开始。我今天早晨才把整件事情理出个头绪。当然，我们本应该早就看出，制造这个谜团的，要么是他，要么是和他相似的某个人。"

"和他相似的人？怎么和他相似呢？"

"某个同样吸毒的人。难道你看不出来吗？这件事打从一开始就令我们困惑不解，因为虽然我们看得出其中有故意为之的迹象，但是又根本无从解释。很显然，他们原本希望给我们留下某种错误的印象，但是事与愿违，我们反倒没有留下任何印象。它只存在于想象中，如同一个梦。而且正因为那是一场梦——事实上，那是一个吸食鸦片而产生的梦——才得以在现实生活中实现。"

"如我们所知，德里克是一个想象力极度匮乏的人。可是，他在大量地吸毒，不管吸食毒品究竟会带来什么影响，但有一点是肯定的，它会让人变成一个说谎大王。平常情况下，德里克蠢笨无比，根本不会撒谎，或者，至少不会把谎撒得很圆。然而，毒品却令他开了窍。俗话说，每个人身上都有一个精彩的故事，德里克已经创作了一个故事。不过，它不是写出来的，而是演出来的。如果不是处于吸毒后极度兴奋的状态之下，思维清晰，想象力极为丰富，德里克根本就不可能想出如此绝妙的计划，只是这一次没有来自波洛克侍从的干扰，于是梦境才得以实现。故事的框架是一个绝妙的骗局，不过细节却处理得凌乱不堪，因为德里克在计划这些细节的时候并没有吸毒。"

"德里克·伯特尔憎恨自己的堂弟，这一点我们很清楚，原因是什么我们也知道。可是他的憎恨却以某种合乎道德规范的形式表现出来，至少他相信，自己的堂弟和凶手没有什么两样，因为他要为那个女人的死负责。他不想杀死奈杰尔，但是，他希望奈杰尔被英国的法律处死。既然奈杰尔不能为自己犯下的谋杀罪行受到惩罚，那就该让他为没有犯下的某件谋杀罪行受到惩罚。他应该为谋杀德里克而受到惩罚，于是，德里克消失得无影无踪，让每个人都认为他是被谋杀的。"

"等一下，麦尔斯，"安杰拉说，"德里克打算完全放弃那五万英镑吗？因为如果奈杰尔被绞死的话，那笔遗产就永远拿不到了。"

"我的感觉是，他制定了两套计划，以确保自己的利益不受损害。如果奈杰尔被绞死了，那自然再好不过，为了复仇，他宁愿放弃任何遗产；但是，假如奈杰尔洗脱了嫌疑，还会有另一个计划：奈杰尔将得到这笔遗产，而德里克则会和他取得联系，然后他们会将所得平分。德里克只在这件事上对他的堂弟完全信任。至于其他的，他却瞒着自己的堂弟，什么都没有讲。而且我认为，他从未想过，奈杰尔竟敢把他昨天早晨告诉我们的那些事全盘托出，但是即使奈杰尔把什么都说了，也未必有人信。人们会认为，奈杰尔只是编造了他们之间存在协议的事，以此来保全自己的性命。我相信你正是这么想的，雷兰德。"

"我正等着你告诉我，为什么我不该那么想呢。"

"因为卢克·华莱士先生曾去过惠特尼。我们马上就要说到这一点。现在，我希望你能相信，奈杰尔告诉过我们，有关他星期六和星期天的行踪的每一件事，都是绝对真实的。有些事，他之所以没告诉我们，是因为他并不知情。"

"德里克的困难在于——他不想自杀。与其说他是因为在乎自己的生命，倒不如说他不希望自己的堂弟得到那笔遗产。因此，在奈杰尔的共谋之下，他制造出自己已经死亡的假象。他又在奈杰尔不知情的情况之下，制造出自己被人谋杀的假象。至于他采取什么手段制造自己已经死亡的假象，奈杰尔已经告诉我们了。他使出的那些花招其实算不上高明，我认为是德里克处于正常状态的时候想出来的。失踪，留下一条独木舟在河上四处漂流，躲起来直到他的死亡得到认定，远走他乡，取个新的名字重新出现——所有这一切根本算不上多么高明的手段，而且无数个意外会打乱整个计划。不过，大致看来，他制造自己被谋杀的假象，手段却堪称巧妙。我为他的创造性打满分。告诉我，雷兰德，为什么直到现在，你和我还想当然地认为，这是一起谋杀案呢？"

"因为似乎可以肯定，从德里克在船闸消失在伯吉斯的视野之外那一刻起，有个人就一直和他待在一起。"

"正是如此，可是，我们有什么证据可以证明，德里克在此期间不是独自一人，而是一直有人跟他待在一起呢？"

"那张照片，说得确切一点，是两张照片。不，一个人完全可以拍下自己足迹的照片，可是他不可能将自己四仰八叉躺在独木舟里的照片拍下来。别告诉我说他是靠了绳子之类的东西做到这一点的，因为我根本不信。"

"不，正是由于我们心里自始至终一直存在这样的想法，才致使我们产生了这是一起谋杀案的印象。不过，要是舟中之人不是德里克，而是其他什么人，会怎么样呢？不要忘了，那顶帽子拉下来几乎遮住了他的整张脸。"

"可是，那张下巴是德里克的呀。"

"确实是伯特尔家族的下巴，可是你能肯定那张下巴就是德里克的，而不是奈杰尔的吗？"

"可是，该死！这样讲，还是没有把事情解释得更清楚。如果奈杰尔不在船上，他不可能拍下奈杰尔的照片。如果奈杰尔在船上，德里克就不是孤身一人呀。"

"是的，我想，我应该解释一下，奈杰尔的那张照片是德里克拍的，在泰晤士河上游靠近一个叫作'比其姆马丁'的地方。那里，有座轻巧的小桥横跨河上，和西浦科特船闸上的那座桥很像。你知道，除了台阶是水泥做的，其他都是那种普通路桥的特点。德里克说服自己的堂弟试着吸食了一些毒品，你记得奈杰尔告诉过我们，毒品险些要了他的命吧？毒品确实让他昏了过去，他晕倒在独木舟的船板之上。这个时候，德里克上了岸，任由那只独木舟在水中漂流，然后带着照相机快步走到桥上。此时应该拍的是第三张照片，但是德里克没有拍，其后的第四、第五张也没有拍，他把胶卷直接过到第六张，然后在堂弟从那座桥下漂流而过时，为他拍了一张快照，之后他又把胶卷倒回到第三张。这样做起来并不难，当然，他肯定是找了个暗处来完成这一切。"

"我猜想，这一切都是在傍晚发生的吧？那正是为什么影子是从左向右，而不是从右向左的原因所在。"

"不，那正是这件事的蹊跷之处。德里克拍这张照片的时候是很用心的，他挑选了一天当中最合适的时间，即早饭后不久。不过，他忘了，在那个特别的弯道处，泰晤士河是向南或者说接近于向南流的，这一点你可以在地图上看得清清楚楚。事实确实如此。因此，早在这堂兄弟二人到达米林顿桥之前，这第六张照片里就已经包含了德里克被谋杀的确凿证据。至少，德里克是这么想的。"

"现在，我们可以按照时间的先后顺序，来分析一下整个事件的来龙去脉。在位于米林顿桥上游一点的蓝牛旅馆，德里克向奈杰尔建议，他们应该在不同的地方分开来睡。德里克本人会在离米林顿桥大约两公里的白布莱克顿过夜，而奈杰尔则两次前往米林顿桥的那家旅馆，给人留下一种他们两人都在那里过夜的印象。如此一来，那个安德顿先生就会出现在白布莱克顿，他是德里克的化身，以后可以派上用场。只是，德里克却没有把自己改变计划的事告诉他的堂弟。他乘坐末班公共汽车，直接来到了惠特尼。在惠特尼，他使用的名字并不是 H. 安德顿，而是出现在他脑子里的第一个名字——他的想象力，你知道的，这个时候已经完全不起作用，这个名字就是'卢克·华莱士'。这个名字是他在蓝牛旅馆的信架上放着的一大堆信件上看到的。注意，德里克现如今有了新的名字和住址，对此，奈杰尔不可能猜得出来。"

"坐着公共汽车，或者也可能是早班火车，德里克在星期一早晨及时赶到了米林顿桥。他假装自己是在白布莱克顿过的夜，不过，睡得不是很好。因此，他假装自己很困，就这样躺在独木舟中打起了盹儿。事实上，他的目的是把自己假扮成一具尸体。你，范瑞斯先生，无法在法庭上保证，独木舟中那两个游客都是活着的，对吗？"

"完全无法确定。说实话，当我看到德里克那样一动不动地躺着，我是有点儿吃惊的。不过，我立刻记起来，据说他是个瘾君子。于是，我想，可能是因为吸了毒的缘故吧。"

"我明白了。伯吉斯在船闸也没有看到德里克动过一下，或者听到他讲话。其实，德里克当时确实在独木舟中和奈杰尔讲话。不过，那个时候，闸里的水位已经回落，而闸墙又将声音阻隔，所以伯吉斯什么都听不到。在法庭上，伯吉斯就不得不证明，他听到了奈杰尔讲给德里克的话，却没有听到德里克讲给奈杰尔的话。在法庭的询问之下，没有人可以作证，星期一他们看到德里克时他还活着。如果继续询问下去，就会发现，根本没有德里克在米林顿桥过夜的确凿证据。奈杰尔假扮成两个人的把戏会被戳穿，那么，奈杰尔的处境就堪忧了。因为看起来，他似乎一直在巧施瞒天过海的诡计，隐瞒其堂兄死亡的真相。"

"听我说，"安杰拉说道，"我觉得，与德里克比起来，我更相信奈杰尔。"

"嗯,吸毒的是德里克，因此，或许我们不应该过多苛责他。那一天，奈杰尔在船闸的所作所为，完全和他告诉我们的一模一样。根据德里克的建议，他自始至终一直在制造自己不在现场的证据，而且一切做得务必到位。比如，他特意由三角帆农场经过，他四处向人打听时间等。与此同时，德里克使劲将独木舟推离岸边，驶离船闸，然后静候时机，直到他听到伯吉斯走开了。此时，正是他完成自己计划的大好时机。"

"那卷胶卷的第五张上面什么都没有，所以必须得拍点什么，这正是一个巧施计谋的机会。奈杰尔告诉过我，他的堂兄喜欢特技摄影，他讲的完全是实话。第五张照片看起来似乎是无意间拍下的，但事实上是德里克故意将自己在桥上的足迹拍成了快照——脚印也是他故意留下的，目的是使人联想到有人光着脚站在桥上，将尸体的照片拍了下来。我不知道他想要我们从这些足迹里得出什么结论。他肯定没有料到伯吉斯会出现在那里，还看到了那些足迹。有一件事德里克·伯特尔必须十分小心，他长有锤状趾，而奈杰尔没有。而且，说也奇怪，就是在想查明奈杰尔是否长有锤状趾的过程中，我才无意中发现，长着锤状趾的原来是德里克。在威克斯戴德鞋店，他们两人的足部资料是紧挨着的，就写在同一页纸的正反两面。正是在那个时候，我才真正明白，布下整个骗局的是德里克。因此，德里克只是留下了自己足跟和足弓的印迹。"

"他划着船向下游走了一小段，然后弃船上岸，并留下了那些你——雷兰德和我因如此轻信而展开调查的足迹。他仰天躺着在蕨丛中，慢慢向前蠕行，很小心地用靴子留下拖曳的痕迹。他平躺在黏土铺就的岸边，仔细地将一枚纽扣的压痕留在了那里。他划着船绕过小岛尽头，进入拦河坝支流，使劲将独木舟推向岸边，以便在此留下撞礁的痕迹。他行走在拦河坝支流和黏土岸边之间，留下一条单向的路线。他游过拦河坝支流，把那卷胶卷胡乱扔在那里，好让人找到。哦，我忘记说了，他早已将自己的钱包丢在了水闸主航道里，好让人以为钱包是他的尸体被拖向岸边的时候，不小心滑落出来的。事实上，我认为，他是打算制造出各条线索已经制造出的假象，那就是他已经被谋杀了。而你——雷兰德和我居然全部相信了。"

"是的。我打算见见这个德里克·伯特尔先生，即使搜遍欧洲大陆的每一家旅馆，也在所不惜。"

"接着，他又划船穿过主河道，到达拜沃斯岸边。他在让船漂流于河上之前，设法在船底挖了个小洞，可能是用那种组合型的袖珍折刀弄的。当然，这和他原先的计划完全相悖。在那种特定的情况下，凶手做出那种事情，简直是愚蠢至极。我猜想，他原本指望独木舟中的那个小洞会立即使人联想到这是一起谋杀案——事实也正是如此，假如奈杰尔在发现这个洞之后没有对它进行伪造的话。德里克朝着拜沃斯的方向而去，给人们留下一种假象，即他已经被奈杰尔在米林顿桥或是上游处谋杀了，并在第二天早晨搭乘渡轮来到船闸，从桥上为尸体拍了照，将尸体拖至离小岛很近的岸边，在那天晚些时候又以某种方式将其取回并偷偷运走。这是一个精彩绝伦的假象。不过，就像我说的，这并不是一个狡诈之人制订的周密计划，它只是一个和鸦片有关的幻梦而已。"

"我猜测，他实际上在牛津还留有一些行李，不过那也帮不了我们什么，因为我们不知道它们是以什么名字留下的。不管怎样，他一定是在牛津坐的火车，我料想，他是去了南安普顿。那就是说，他要经由迪考特和纽布瑞再潜逃出境，而不必冒险，可能在伦敦被别人认出。然后，我猜想，他会在那里坐船前往阿弗尔。"

"那么他的护照呢？"雷兰德问，"你的意思是他……"

"是的，他早已巧施妙计，为自己备好了一本护照。在他北上去找奈杰尔一起制订行动计划之时，奈杰尔刚好正在申请护照，他需要一张业余的照片。他要德里克帮他拍照，而德里克预见到自己将来可能也会需要护照，于是他为奈杰尔拍了三张照片，然后又让奈杰尔给他拍了三张。他们摆出完全相同的姿势，用的也是同一块感光板（当然，奈杰尔当时根本毫不知情。）。尽管只有千分之一的可能，不过正如你所看到的，确实有一张底片冲印出完美的合成照片。这张照片像极了奈杰尔，足以骗过梅格斯学院的那位牧师。这张照片同时又像极了德里克，足以骗过阿弗尔的护照管理机构。后来，正是由于有了那本护照，他才得以逃脱。当然，这是发生在伯特尔兄弟谜案被炒得沸沸扬扬之前很久的事。那之后，他又做了什么我就不太清楚了。不过，由于那本护照取得的是前往法国和比利时的签证。所以，我认为，他要么待在法国，要么待在比利时。如果你散布有关库尔曼夫人所立遗嘱的消息，或许德里克会自动重新露面。假如没有露面，我建议你对华莱士先生的行踪展开全面调查。我认为，他在这段时间里不会使用别的化名。

因为，很显然他打算和卢克·华莱士先生交换过去。在他看来，如果有人对卢克·华莱士，也就是德里克·伯特尔心存疑问，那么，当他们得知星期天晚上卢克·华莱士住在惠特尼，而德里克·伯特尔则安睡在米林顿桥的时候，他们自然就会闭上嘴巴。不过，不要忘了，他是在法国长大成人的，因此，他现在或许正扮成一个法国人呢。"

"我们肯定会找到他的，"雷兰德坚定地说道，"假如我能获得准许的话，我会亲自把他追回来。"

"那你可要留神，看好自己的左轮手枪。假如他在九月三日之前变成一具死尸的话，难以形容保险公司会很不高兴的。"

后　记

亲爱的布莱顿夫人：

　　非常感谢您给我写信，并问及我的健康状况。我希望您写信给我，并不仅仅出于好奇心，如您在信中所说。自从警方获悉德里克躲在此地的消息——有人告诉我，这一消息是经由无线电广播传出来的——我就来到了这个舒适惬意的比利时小镇。不管怎么说，我总觉得，只有来到此地，亲眼看看他受到怎样的照顾，我似乎才可以安心。不过，事实上，此行毫无必要，因为那些修女自始至终尽其所能，给了他周全的照顾。

下面，我来回答您信中提到的一些疑问。是的，我认为你的丈夫对每个细节的推测完全正确。其中的一两个细节，你们也已经有所了解。例如，为什么德里克给我留下如此仓促的时间，让我去实施这次想象中的谋杀。其实，此事原本怪我，因为我从米林顿桥那家旅馆离开，大大超过了当初预定的时间。按照德里克原先的计划，我们本该至少提前半个小时到达船闸，这样，我就有充足的时间赶上火车。事实上，我从旅馆出来的时候就已经晚了，而德里克尽管对我的延误颇为恼火，却也无法帮着我一起划桨，因为这也是他计划的一部分，他要让自己看起来非常疲劳和困倦。如果我们当时更准时一些的话，我的"不在现场的证据"就不会显得那么完美。还有，如果我们当时更准时一些，德里克就会在闸中水道超过范瑞斯，如此一来，整个案情就更加错综复杂了。

　　桥上的足迹当然有存在的理由。德里克本打算让人们以为，是我有意让人们觉得，凶手是从拜沃斯方向过来的，而且也是朝着拜沃斯的方向匆匆逃离的。他倒着走，很明显只是虚张声势而已，警方一眼即可识破（只有吸毒成瘾的人，我想，才会想出那种故布疑阵的主意，并且期望警方只能猜中其中的三分之二）。他早已料到，你们会认为那卷胶卷是无意间从我衣袋里掉到船屋岸边的。

　　我想，除德里克离开泰晤士河之后的行踪之外，再没有什么其他事情需要解释的了。自然，他确实经由南安普顿和阿弗尔离开的，之后他一路赶往巴黎，隐蔽在当地的某个社团之中。在那里，没有人向他提出任何疑问，甚至连刮不刮胡子、剃不剃头都随意。他开始蓄起胡子，急切地等待着我被捕的消息。可是，当此事迟迟不见发生，而报纸又仍然不肯确认他的死亡之时，他就离开了巴黎来到此地。与此同时，他也不再使用华莱士这个名字。他又开始吸毒，不久之后，就晕倒在街头。他被送到了那家医院，那里的修女从未听到过伯特尔这个姓，而阿尔玛姑婆去世时，他虚弱得连报纸都不能看。事实上，在警方找到他之前，他对这期间发生的一切根本毫不知情。

　　还有一件有关德里克的事，或许你不感兴趣，不过却与我关系极大。他和一个法国女孩订了婚，她一听说他的下落，马上就赶过来守在他的病榻前。要是他们没有结婚，我可就走运了。他们的婚姻很般配，也很浪漫，不过，其结果实在令人尴尬，德里克拟就了一份以他的妻子为受款人的遗嘱，将他的所有财产全部留给了他的妻子，还厚颜无耻地邀请我做见证人，所以阿尔玛姑婆的遗产是不会落入我这个伯特尔家族唯一子嗣的手中了。

不过，我还是想向你讲述一下我和德里克第一次会面的情形。我一到达当地，即刻和他见了面。他一定要和我单独见面，尽管我很怕和他见面，但终究我得面对此事。这个可怜的家伙，身体已经完全垮掉了，他自始至终抽泣不止，几乎都要哭出声了。他对于令我陷入谋杀罪名的指控之中，感到非常后悔。他说，是毒品让他丧失了理智，他无法对自己的行为完全负责。他说，他觉得自己并不想真的把我送上绞刑架——这一点我可不信。我就像个傻子似的，坐在那里，嘴里不停地说着些"噢，别说了，别再提这件事了"之类的话。我觉察到，自始至终，他一直在拐弯抹角地想和我说什么事，不过我想不出是什么事。

终于，他还是说了。他住院之后，医生自然是不再让他吸毒了，可他哪怕是死也想吸上一口。显然，他在行李里藏了一些，可他不敢让医生给他拿，也不敢让哪个修女给他拿。他希望我拿过来给他。当然，我对他说，假如不吸毒的话，他的身体状况就会好很多，如果他再吸，无异于要了自己的命。他说他不在乎，反正自己已是将死之人了，多拖上一两个礼

268

拜没什么不同。就在我和他就此事争执不休的时候，护士走进来把我请了出去。她说，我不可以再和他说下去了，这样他会很累的。我径直走到德里克的行李旁，在他告诉我的地方找到了那些毒品。我把它放入我的口袋，然后独自一人出去走走。

德里克的话一点儿都不假，而且我比他更清楚这一点。医生已经告诉了我，这个可怜的家伙已经没有一点希望了。他对生命毫无眷恋，而我也真的觉得，他宁愿服上一两次毒品害死自己，也不想一点一点地慢慢死去。我天性中尚存的那一丝兄弟手足之情，不停地催促我把这些毒品交到他手中。与此同时，我也知道，这些毒品会要了他的命——医生已经就此警告过我了。再者，还剩三个星期左右他才年满二十五岁，那就意味着祖父的五万英镑将会落入我的手中，而我也正需要这笔钱，而不必将这笔钱交给某个该死的保险公司，他们拿到这笔钱，甚至连"谢谢"都不肯讲一句。

我倚在跨河而过的桥上，思绪又回到了古郡旅馆，窗户敞开着，阳光洒了进来，汽车轰隆隆地从伊顿桥疾驰而过，还有草坪上那只傻乎乎的孔雀。我记得，你曾经说过，假如我躲在暗地里等着杀人，而那人却掉到河里去了，我一定会跳到河里去救他。我记得，你说过要遵守游戏规则，因为我们别无选择。我还记得，我曾提出异议，并且发誓自己绝不会做那种事，我曾认为你是多么的老套。好啦，看看我吧，我现在正处在这种情形之下。这就是那个我一直厌恶不已的人，即使在他临死之际，我仍无法对他表现出丝毫的尊重。就在大约两个星期前，他还在假借谋杀的罪名，机关算尽地想把我推上绞刑架呢。现在摆在我面前的不是杀不杀他的问题，而是在其迫切要求之下，要不要向他提供毒品的问题。眼下，毒品对他的幸福至关重要，可随之而来的是，如果他吸食了毒品，一定会要了自己的命。这让我陷入进退两难的处境中，而我所得的报偿就是那五万英镑——我可怜的老祖父，他从未想过那五万英镑会落入他人之手。

然而，更糟糕的是，我发现你是对的。在这个问题上，并不是你的希望对我产生了什么影响，你其实并没有向我表达过什么希望，你只是说了一个预言而已，而我对此做出的本能反应，就是产生了一种想要证明你错了的强烈愿望。它算不上是某种道德上的顾虑，因为在过去的四五年里，我不记得自己有过任何道德观念。我也不是担心被别人查出真相，因为不管怎样，德里克已经处于这样一种病入膏肓的状态了，无论他什么时候死去，都不会有人感到吃惊的。只是这种感觉很是荒谬。我别无选择，只不过为了遵守游戏规则而已——德里克能活到他的二十五岁生日也好，活不到也好，顺其自然吧。我的手（不是我的理智，也不是出自我的愿望）极其慎重地将那小包毒品扔到了河里。

第二天，那个法国女孩又来了。她的到来似乎使德里克振作了一些，医生承认，他的病情略有好转。不过，他说，德里克活下去的希望依然渺茫。日子就这样一天天过去了，到了九月二号的晚上，我发觉自己的心情处在一种很奇特的平静状态之中。我既不希望德里克死，也不希望他活，我甚至对他是死是活的问题全然不感兴趣。我只是个超然的旁观者，对于命运之神玩弄我和德里克的这场游戏，我只是抱着一种旁观者的兴奋而已。我费了一番力气才让自己睡着。第二天起床时，我发现有一个牧师在周围忙活着，这使我一度以为一切都结束了。但是，没有，德里克在他生日那天上午，大约十点钟去世了，去的时候，他的神态极为快乐，这真是令人匪夷所思。

好啦，我没有骗人，如果这算得上是我的一种美德，喜乐就是它的回报。我的继父已经在美国为我找了份工作，用令人泄气的现代用语来说，这是一份"白手起家"的工作。因此，我终于还是要变成库克先生了。欧洲在我心中留下的创伤，在那个迷人而又单纯的世界里，终将会被全部抚平。假如我们可以再见面（想必是不太可能了），你会发现我在大西洋的彼岸向你解释为什么二加二等于四。

看在上帝的分上，请不要向我表达您的同情，也不要向我表示您的祝贺。这件事情迟早要发生的，而它也确实发生了。我很高兴自己没有牵涉其中。

十分感谢您！

奈杰尔·伯特尔

九月六日

图书在版编目（CIP）数据

斯芬克斯之谜 ／（英）罗纳德·诺克斯著；邹文华
译. —— 上海：上海文艺出版社，2022
（域外故事会推理小说系列）
ISBN 978-7-5321-8414-9

Ⅰ．①斯… Ⅱ．①罗… ②邹… Ⅲ．①推理小说－英
国－现代 Ⅳ．① I561.45

中国版本图书馆 CIP 数据核字（2022）第 139016 号

斯芬克斯之谜

著　　者：[英] 罗纳德·诺克斯
译　　者：邹文华
责任编辑：高　健
装帧设计：周艳梅
责任督印：张　凯

出　　版：上海文艺出版社
出　　品：上海故事会文化传媒有限公司
　　　　　（201101 上海市闵行区号景路159弄A座3楼 www.storychina.cn）
发　　行：上海文艺出版社发行中心
　　　　　（上海市闵行区号景路159弄A座2楼206室）
印　　刷：上海中华印刷有限公司
开　　本：889毫米x1194毫米　1/32　印张9
版　　次：2022年9月第1版　2022年9月第1次印刷
I S B N：978-7-5321-8414-9/I·6642
定　　价：35.00元

上海故事会文化传媒有限公司 出品（01091）www.storychina.cn

想看更多精彩故事？
扫码下载故事会APP

上海故事会文化传媒有限公司所有图书可办理邮购，免收邮费（挂号除外）
汇款地址：上海市闵行区号景路159弄A座2楼206室（201101）
收款人：上海故事会文化传媒有限公司出版发行部
联系电话：021-53204159
如发现本书有质量问题，请与印刷厂质量科联系 T：021-60829062